U0455312

蓬庐诗钞

冯敏哲 著

线装書局

图书在版编目（CIP）数据

蓬庐诗钞 / 冯敏哲著. -- 北京 ：线装书局，2023.11
ISBN 978-7-5120-5488-2

Ⅰ．①蓬… Ⅱ．①冯… Ⅲ．①诗集-中国-当代 Ⅳ．①I227

中国国家版本馆 CIP 数据核字(2023)第 098164 号

蓬庐诗钞

PENGLU SHICHAO

作　　者：冯敏哲
责任编辑：白　晨
出版发行：**线装书局**
　　　　　地　址：北京市丰台区方庄日月天地大厦 B 座 17 层（100078）
　　　　　电　话：010-58077126（发行部）010-58076938（总编室）
　　　　　网　址：www.zgxzsj.com
经　　销：新华书店
印　　制：三河市新科印务有限公司
开　　本：145mm×210mm　32开
印　　张：5
字　　数：60 千字
版　　次：2023 年 11 月第 1 版第 1 次印刷
印　　数：0001—1000 册

线装书局官方微信

定　　价：58.00 元

目录

蓬庐诗钞

缘情以信雅　缘思而载道

——冯敏哲《蓬庐诗钞》序

杨焕亭

　　冯敏哲是我来到这座城市后结识的青年才俊之一，也是我所认识的青年朋友中赤诚拥抱中华传统文化，殷殷钟情于古体诗词创作，勤奋耕耘，硕果累累的激情诗人。最近，他将自己多年来的诗作遴选集纳成一部《蓬庐诗钞》，邀我写些话。这正是"乱花渐欲迷人眼"的季节，读着诗人那些"莫若蜜蜂春采蜜，年年不负好东风"的长吟短唱，当年他发起成立咸阳青春诗社时的少长咸集，诗酒唱和的情景再现眼前。岁月不居，时光荏苒，几年过去，静读他的作品，我忽然发现，在敏哲身上，深深地嵌入了魏晋士者的"风骨自我"，唐宋诗人的"忧乐情怀"和当代诗人的"使命意识"。从而引发我对古体诗歌如何实现对当代生活的审美表达这些基本理论的思考。

　　魏晋南北朝时期的著名文论家陆机说："诗缘情而绮靡。"它本来是针对《毛诗序》中"诗言志"一味强调诗的教化功能而提出的美学范畴，然而，却揭示了诗歌的本质。情感是诗的"酵母"，一首好诗，其情感必然是沛然莫之能御的。敏哲对此有着明确的认知，他认为"求新于性情，不假即真。求新于字句，不真则假"。我理解，敏哲之所以强调"性情"，是因为情感与人性构成相位内外的表里关系，情感作为人的"类"特征，反映着人性的本质。敏哲的作品处处闪耀着对情感纯真、人性本真的感性书写和智慧诠释。那是对存在与生命关系的美学体悟，当"柳无风力韵依然"，大自然因循节令，春色回归之际，诗人的情感呈现出"逝水滔滔抑郁弹"的惆怅，这是因为，在诗人审美的目光中，时间的一维性决定了生命的终极，"你不可能两次踏进同一条河流"，然而，唯其如此，"再煮时间听寂寞，云山一望又千年"，历史才称其为历史，而人则在蒸煮时间的沉浮悲欢中收获了"诗意的栖居"。正如海德格尔所说："时间是生命存在的基本形式。"那是对生命本质力量的美学礼赞。读《咏朱淑真》，酣畅淋漓地展示人诗意活着的美学价值，"玉碎而今入笔春，幽香寂寂雪精神"，相对于李易安，朱淑真的情感生活更寂寞，更苦悲，嗜酒好赌的小吏丈夫既不懂诗，又不懂情感，给她的心灵幕布划出一道道伤痕。然而，朱淑真的可贵就在于在寂寥中坚守着人性的纯贞，不断从大自然中寻求精神支撑，"园林萧索未迎春，独尔花开处处新"，敏哲所讴歌的，正是这种"但能回首梅花句，耗尽相思不负心"的高洁人性。这种对人性的解读更多地体现为当下性。

诗人目睹了文化多元背景下的人性复杂，深沉地思考人与动物的本质区别，"人心什样往来传，猪狗犹能被世牵。"诗人把"人性"、"人情"与"动物性"置于比较美学的位置，以动物也知道"反哺跪乳"为观照，从而发出"不胜儿男皆父母，悲嗟养老竟谁担"的诘问，从中不难看出敏哲诗歌创作的文化自觉。

刘勰在《文心雕龙·征圣》中指出："志足而言文，情信而辞巧。"这是对陆机"诗情"观的进一步完善，即不但强调情感的真实性（信），也要讲究词采的优美（巧、雅），二者构成内容与形式的关系。后来，明清时期文论家将其提升到"信、达、雅"三重境界的高度。所谓"信"，就是说，诗歌所承载的情感必须真实。而所谓"雅"，既是指意与境的完美结合，又是指诗必须含蓄内蕴，不能直说。这也是敏哲对自己作品的要求，他认为"诗，自是不息，静里含蓄，力中不尽"。一是意象纷纭之雅。意象是"诗人"的主观意念和外界的客观物象猝然撞击的产物，既是诗人表达自己内心世界，把客观物象经过选择、提炼、重新组合而产生的含有特定意义的语言形象，也是"诗雅"的根本标志。敏哲诗歌作品对意象的携取和排列，深受中国古代传统文人的影响，体现出重"风骨"，贵"高洁"，求"淡远"的审美取向。

于是，从诗人笔下流出"瘦作梅花念正浓，随春落雨入丹青"的清朗俊瘦，"韵致修来风曼舞，竿斜瘦影却直身"的清逸高品，"净土白云深处乐，想君无释见佛莲"的淡泊禅定，"为心只爱白云上，好挂风帆万里来"的行稳远瞩。二是天发真境之雅。苏轼在《书鄢秀诗》中说："梦里拾得吹来句，十里南风草木香"，而宋代另一位诗人杨万里更是认为"好诗排烟来寻找，一字何曾拈白须"。都主张把"自然"之美作为"雅"的标志之一。如果说，敏哲早期的作品还留下一些人工斧凿的痕迹，那么，近年来，他的作品日益地任性自然，贴近生活。如《闲作》："岁月不嫌家舍贫，为身种下悯农心。一椽一瓦三分地，只靠双亲两手勤。"如"移来天地春，妆点火红门……牛气发新柳，人和担万斤。微躯凭自助，奋起复精勤"，读来酣畅晓畅，颇有唐诗意味，皆为"真境法天藏"之作。三是词采旖旎之雅，敏哲的作品，十分注重炼字，力求准确地实现对生活的审美表达，读来含蓄婉转，余音绕耳。

敏哲的作品充盈着亘古迄今的"载道"精神，有着比较深刻的思想内涵。文以明道的思想，早在战国时期儒家集大成者荀子那里已现端倪，后来经过历代文论家的锤敲锻造，到宋代周敦颐时，以"文以载道"而成为固定完整的表述。

它的核心是要强调作家、诗人的社会担当。敏哲以炽热的人文情怀拥抱生活，以庄严的使命感和责任感对待生活，以"温暖"和"爱"去反映生活。他热情地讴歌面对突如其来的疫情，党和国家精准施策，打好抗疫总体战，"秩序依然好好，却按几重浮躁"，浓墨重彩地描绘辛丑新春"橘透清平态，榕扎盛世根"。写真全民抗疫"书传岁杪门长闭，梅傲郊园影自横"。敏哲的诗歌，张扬着浓烈的理性文化批判精神，他的许多《无题》诗作，锋芒指向文化多元背景下一些地方和领域人性扭曲、文化媚俗、道德滑坡的现象，所有这些，都大大强化了敏哲作品的思想内涵，表现出一位年轻诗人"岁尽梅花依旧傲，风仪到此已天涯"的乾坤情怀。

祝敏哲《蓬庐诗钞》早日出版，以飨读者！

读冯敏哲的《蓬庐诗钞》

史高座

《蓬庐诗钞》是集诗词曲和诗话于一体的读本，它是作者认识和实践结合的产物。我们知道，对于一件事，如果能够积极地去认识它，并在认识的基础上加以实践，而且达到了一定的高度，那是难能可贵的。冯敏哲就是一边读书一边感悟一边写作的人。他在《雪天杂语》中写道："爱诗，源于美，更源于情。"有这样的认识，就有这样的诗。作者在《蓬庐》诗中写道："蓬庐应是野村合，人却蜗居藉此托。夜梦郊河闻细柳，原来在世爱烟波。"一个"爱"字，一个"美"字，一个"情"字，揭示了诗词曲的本质，它们三者的有机结合就是"诗"。这正是《诗经·关雎》的内涵："关关雎鸠，在河之洲。窈窕淑女，君子好逑。"

朱光潜在《谈冷静》中写道："学问是理智的事，所以没有冷静的态度不能做学问。"冯敏哲在一则《撷零》中说："我们有回味的过程，就有酝酿的过程，就有潜在的沉淀……现在人说诗烦琐，大多前人讲过（也没前人讲的好），听来人云亦云，去诗更远。诗起于沉静中回味得来的情绪（英国诗人华兹华斯语），只要保持这种情绪，让其发酵，就是酝酿回味，就会有诗。"正因为他不是盲目地跟风，而是有自己的见解，才得出了"爱、美、情"三字作诗法，并在诗中体现。所以他的诗，很少矫揉造作；有些诗，看起来平淡，实则是很耐品的，犹如李白的《静夜思》。

在"三字作诗法"的指导下，他写人，不是平面的，而是立体的；不是口号式的，而是情景交融式的。如《缅怀周总理》一诗："功德哪用你来夸，掠过春光只有他。岁尽梅花依旧傲，风仪到此已天涯。"这样的伟人，千言万语是夸不尽的，他的足迹遍及大地，他的精神感动苍天，其风度如"春光"，其风采如"梅花"。作者一首七绝呈现了一个可见、可感、可思的高大形象。

他在《念父》中写道："不能同在屋檐下，把念分成岁岁花。慢顾光阴思往日，应回少小爱桑麻。"宋代的邵雍在《善赏花吟》中说："花妙在精神，精神人莫造。"所以，这首《念父》的诗，通过一个"花"字，又通过"岁岁"的修饰，一个父亲的形象在脑海中像电影镜头一样回放，一直追溯到"少小"，归结为一个"爱"字。这个爱，是互相的。正因为是相互的，所以才是值得回忆的。

他写物，不是表象的，或者广告体的，而是托物言志式的。如《题红叶》一诗："迎风红染遍，一叶动人眸。雁过寒林色，霜摧眼底秋。多情铺满纸，好景入长轴。每看心于艳，让愁都不愁。"他不局限于红叶，而是"风物长宜放眼量"，所以，"每看心于艳，让愁都不愁"。这是一种襟怀，或给人以沉思的余地，或给人以清新的感觉。他在《面条》中写道："好念人间口齿香，能经岁月便芬芳。思量但愿人如故，次第端来日子长。"人生如面条，要使"口齿香"和"日子长"，就必须"能经岁月"的考验。想想还真是这样的。作者并不是就物论物，而是物中含情，物中蕴理，读后让人耳目一新。

他还写了许多《无题》诗，让人有别样的思考。其中一首是这样写的："柳无风力韵依然，逝水滔滔抑郁弹。再煮时间听寂寞，云山一望又千年。"这首诗动静对比，体现了"诗话"的精神，很含蓄地表明了态度，这就是"静"。"柳无风"则静，"听寂寞"则静，它们都展示了一种静态美。这个静态，是做学问的态度，恐怕也是做人的态度。我们再读读"逝水滔滔抑郁弹"，读者会品出其中韵味的。

总之，读《蓬庐诗钞》，没有浮躁的感觉，没有空虚的感觉，没有人云亦云的感觉。或许，某些地方有些生涩，但那是七分熟还是八分熟的理念。

2023.04.23

蓬庐诗钞一

读谢灵运（古风）

妙手偶难得，一悟显机锋。
泰息深愈野，聆听始知风。
开眼夕昏曙，泫露悉幽朦。
贬谪卧寂林，离群览新盛。
再读谢灵运，抚今叹昔旌。
幽微但清澈，引亢回天声。

诗人周总理

悲秋不作岭南云，且写苍茫减却春。
如是当年如是境，何堪笔下付经纶。

寄语吴若冰

志写青春恰少年，更全砥砺再登攀。
东君不是谁都解，犹幸长安有玉盘。

雨中孤吟

不听风雨不听愁，流落人间又几秋。
坐爱清阴宽兴味，吟来菡萏系孤舟。

答王君

君说悟性我说情，道尽真言句偶成。
饪钉于盘谁入眼？借渠舒卷阅繁星。

与诸君陪父走户邑至涝峪口笺纪

鬓添霜雪梦初回，一朵心花尚有根。
背景青山弥眺望，堪裁画里耄耋身。

摭零

喜诗之好，便觉情味。此非涵养而不就。观人作诗，极巧，而全无情味，此正是描摹之工而不入自己。既不能感动自己，何以能感动读者。诗至如今，愈巧愈薄。诗之不死于句下，乃不能尽意，若但尽，一眼看穿，绝无读二遍，其诗怎谓之好诗。这也即是作者有其余地，而读者更有其想，此读诗书之魅力和快乐。

摭零

见"读《吴宓诗集》题词"，缪钺先生著。言世有二弊，一曰浮泛，二曰虚伪。浮泛在意旨不清，徒然描摹，累词积句，曰费词。虚伪在本意无存，鹦鹉之学，纵使琢句精炼，亦曰陈意。读其十首以上，词意略同，不见性情，徒增厌烦。此刻骨之言，乃救弊良药。吾只拣大意以述，读者苟能见此文，大幸矣！

【中吕·喜春来】别情

学曲，因故至书店。读《元曲三百首》，赶鸭子上架，头一回。
多情最怕秋心冷，好梦回时醒更空，愁吟节物正悲风。谁看镜，曲里月云浓。

【越调·天净沙】秋夜

残宵不掷寒秋，西风冷对人愁，何道黄花易瘦？幽幽啼露，黯别明月云流。

【双调·拨不断】偷闲

雨萧疏，叶萧疏，偷闲正是秋风著。点起檀香读起书，悠然共落东篱句。暂时归去。

【越调·天净沙】秋雨廊桥

风烟古渡廊桥，阴阴细柳垂条，一抹平湖浩淼。感时节到。淋淋秋雨萧萧。

【中吕·喜春来】十年

渊明作句谁曾似？五柳独横三径溪。十年市隐做东篱，一半是，一半醉书痴。

【中吕·迎仙客】夜读

袅袅情，月无明。梧桐叶零寒事生。夜吟更，书上声，未到人行。何共愁人境？

浪淘沙

夜色入城南，已是从前。萧疏冷落月端闲。倾尽寒宵无若语，愿梦成眠。

拟作慕清欢，郁郁姗姗。别吟次第注无言。以对三更寻《往事》，曲里琴弦。

浣溪沙

冷落眉间不动愁，白霜纸里吟讴。长风响彻梦曾游。

心事无端双袖蕴，平添画上眼前眸。别裁无怨杨柳收。

昭君怨

《往事》吹来谁影，月里愁云冷静。别梦挦弦声，是衷情。

拟句风华入梦，却被无端惊醒。寂寞锁寒行，怨难成。

清平乐

寒烟坠冷，廊里霜风更。一缕青丝白发静，最是吟讴谁影？

心开四壁无声，遂吟底事垂成。渭水长流节令，锦书却寄谁情？

点绛唇

却上蛾眉，捧出弦月听琴好。纳兰不老，对镜伤心了。

自注心灯，风影梧桐扫。空寒早，五更每到，饮水词间照。

虞美人

心烛风灭莫愁冷，难隐窗前影。顾怜何事更凄清？不问人间月下我独行。

相逢易洒花间境，共此忽成梦。凌寒每入倦吟情，不胜梧桐凋敝怕思成。

撷零

"人向字中看，诗从心底出。"书法、诗之欣赏，以精神、品格见。有精神，自有境界。有品格，自能洒脱。

有题

情多故俊亦多新，月里白莲不染尘。

一片田田诗色好，和然齐己谒东林。

独吟

风摧雪未来，何处立高台？

不误交绝响，独吟境里开。

小寒之灾

怪底冰英不胜寒，人间劫数此中翻。
妆得雪景骚人骨，何人却报未平安。

小寒即事

云泥相望久，劫数被寒收。
不意深宵静，呻吟乱我愁。

题句

画梅雪外亦题芳，大野寻寻景自妆。
不顾山川呈美态，凌然幽放纸留香。

雪意

雪若白宣素若棉，悠悠洒落句成欢。
纷纷苒苒飘飘韵，教数梅花不数樊。

雪天杂语

现在的我，不大感觉雪了，本不是家人的原因，想来年年的雪，都还是注意了，却不能写得好古意。不是不明确原因，而是一年的写诗，括及的诗词圈，颇做了一番对我的冶炼。事物本源，固然无好坏，而心却极能欲度。我跟自己拉扯了一年，落地时有，但难以绵长，做不到"功夫在诗外"，荒疏了读，尝复自批，至今无以自救。

今春、今冬与医院交了运，开始都是地狱般的心情，过不了几天，就沉沉的，但不至于刻薄自己，以照顾为好，安于一时。雪，今天又飘了起来，我不再觉得美好，也不觉得孬，借着雪在无事时写几句，习惯生活的有序和精神平和。

日子，看起来似乎没有希望，其实一直都是这样的感觉，所有的自己认为的无用感情换来的都是自己的爱好，读书。我，以书为伴，以书为友，互相倾心。书，爱我的坚持，素然。我，爱书的思想，精神，不同而类，也爱书背后的故事，也爱书的版本。大抵如此吧。

爱诗，源于美，更源于情。能见的好诗，已不愿唐宋，更欲今时。原因，唐一类，宋一类，后来者一类，今天的诗人，该算一类，于我在近来只欲看到不一样的，有精神气质简雅的好诗。

于诗，于书，我重于读书。此种用意，该是爱诗的我的偏好和观点。看诗友的诗，不比较，自能感觉。相信，会出一些好的诗人。我感世感时感事，也感物，笔下思致不畅，这是毛病的所在。症状一直都在，而药方也有，做不来。人有问题，是心病了，如同这霾，就是此时的大雪也无法涤尽，因为心里有霾。

雪，飘飘的舞，如我的心，终要同泥，才能以养。虽然，我略混沌些，环境却好，也丰富，在这封天雾雪里，好好静静，且以"教数梅花不数樊"的心情和心意沉淀，沉淀。

茶意

清欢一盏茗，相对各浮升。
但饮阳和意，吹来草木风。

雪霁后临高远眺

诗牵雪上白，入景目无裁。
眺此遥遥意，凭托况味来。

周总理祭日

海棠依旧红，不见雪中松。
映眼恩长在，悲吟济世穷。

无题

雪采初阳万道光，裁诗暗送板桥霜。
吟得光景虽无是，却寄飞卿入晚唐。

告青春诗社诸君

新习好句旧习人，执此青春不悔身。
愿作同学说李杜，共结情谊再吟心。

无题

独看心头一片秋，相思莫数水中流。
轻飞白絮飘谁意，洒向清欢不是愁。

怀古

谁造精神铸尔魂？行来冲远问丹心。
摩霄但许天涯路，岂为谪臣赤壁吟。

晓吟

来者去兮去者来，哀心莫叹莫心哀。
晓风寒立寒风晓，怀抱梦劫梦抱怀。

自吟

风冷指寒琴，甘心做此身。
年华无月里，卷外苦生根。

无题

霾深雾也吞，人事利相寻。
权杖冲天欲，还吟五柳春。

无题

大地久含烟，从无霾此天。
吟奢何取意？思想五十年。

浪淘沙·也自著寒声

也自著寒声，雾里霾城。茫茫可味悯心惊。天意何堪偏此令，
不尽时情。

与夜赴三更，欲乱还平，个中不掩任难行。只有书香独寂寞，
作了卿卿。

遥祝诸位老师生日快乐又寄

身在天涯心在家，飞鸿弹指共烛花。
青春岁著浇桃李，开遍东风一片霞。

寄青春诗社诸君

告诉停云无奈也，身囚此困怎邀朋。
天寒向北八方礼，一句梅花万树红。

答王君

清闲未必不思忧，沉重堪来笔上收。
运化杂思终破茧，回君可爱秉烛游？

陋语

旧体诗写作，在旧新转换上，百年来，一直都是尝试。至于
旧能翻新以致用，新能雅，便可。后者所见，聊可乏陈。在我看
来，无所谓新旧，即白话与文言，融合即好，一个真字，道尽诗
言情，一个雅字足以思无邪。诗是时代的，也是个人的。以个人
之感，觉之，吟之，便好。以文脉之源染之，修以成人。精神与
现实，陋巷与广厦，颜回之道可以。

陋语

　　旧体诗，还是以创作为实践，以破茧化蝶为象。身之不老，学之不止，于老杜，"晚节渐于诗律细"。思而学，学而思，活水之源，灵动之感，以学而养，温润之处，是精神，是境界。人之作诗，遇有往里硬装之句，便是不得已。或见思识之高，闻未闻，见未见，读之叹而不休。历劫多，身世感动，非学而能得。融注二者，便有根基。

惊枯叶之象偶之写真

　　叶凋不下枝，空挂画寒弥。
　　偶到微风过，才知象外诗。

陋语

　　古人皆知，凡作诗，语不可太熟，亦不可一味语生。如之不能，可信陈无己言：宁拙毋巧，宁朴毋华，宁粗毋弱，宁僻毋俗。至于警策，亦老杜惊人语：语不惊人死不休。倒不可偏以致力，失缺高古之味。转至言妙，则以简。其诣造语天成，或可近之。吾有句：庙高天尺坐云峰，江水低流一夜东。抱枕星灯缘入此，川回影句老来浓。三句似不能自然出之，且取，四句笔至意来。短长之道，犹可见析。

无题

　　凄清伤逝水，不复雁愁人。
　　惯取芦花絮，一方寂寞云。

雪夜练句

　　宽厚泽人语也亲，莫临愁事作悲辛。
　　嗟其天意飘来絮，舞与梅花调素琴。

15

御街行·迎春

飘飘洒洒迎春到。事是雪，劫来考。时经冬蕴过溪桥，阡陌长杨直好。重来柳岸，物遗平仄，只有东西眺。

伤神勿碎将息少。梦未跑，梅花香。皑皑无语冷风烧，清照泼茶堪笑。书山叶翠，吟讴如玉，无视人间扰。

庆春

字写千春雪，联红一岁更。
灯笼如月挂，焰火爆竹声。

大雪买药

天灰大地白，买药走时间。
一步沧桑路，三生石上缘。

无题

世界各山盟，人情冷落空。
无非贫者事，挤断一桥风。

无题

红花总爱惜，绿叶不痴迷。
倒是湖山景，飘来心上诗。

观梅思题

寒山有此梅，应是月黄昏。
疏影水清浅，横斜和净身。

题竹

竹风吹过夜云西，澹笔新成瘦不欺。
若看萧萧谁入梦，板桥心事画中石。

竹曲

也自竹风也自心，磐石宛坐水流音。

萧萧一曲云遮月，寂寞吹成旷世琴。

无题

恶语熟吟傍水篁，穷搜平仄满童装。

石遗老者如相看，广雅今时笑断肠。

和张天枢老师饮光诗

也自无声随性转，春风一处月开弦。

琴山曲路悠悠矣，且抱松风枕上眠。

【中宫·喜春来】春节

灯笼已挂东君愿，瑞气重开气象暄。双亲健在泪才甜，蔬上盘，举酒庆团圆。

【中宫·喜春来】腊梅

谁来品味穿肠过，雪剑梅锋花是歌。孤山不老影婆娑，应恨我，被你化成河。

【中宫·喜春来】张冠李戴

春来昨夜遗山曲，误作韩公冒昧书。应乖穿越梦罚吾，谁错乎？莫笑少闲读！

【中宫·喜春来】喜迎春节

春风春意春如炬，春曲春光春又书。春花春韵入春图，春事好，笑脸挂春壶。

【南吕·四块玉】问诗

春复春，无相论。点染浊思莫搜寻，惟心难静清平运。谁是真？谁是君？谁又忖？

悼念老一代革命家王光中

一

松风阵阵涛，与鹤驾西游。
洒泪同谁语，眸前抗日仇。

二

寿老可闻亲，青灯秉夜深。
麻衣哭未语，莫视断肠人。

三

红风今日吹，再顾泪何寻？
若梦深深念，家国共与身。

四

革命红心染，丰碑黎庶言。
当得身馥郁，再侍送别难。

杂句

世上春风药，心田一味真。
忡忡师道里，最患假成林。

春天

白云不系愁，兀自澹悠悠。
忽与春风绿，吹开桃李喉。

戊戌年二月二日诗社首次理事会归来有句并寄诸位老师

归来还把青春颂，语讷心拙笔洒情。

不做白云空逸致，登台爱唱子昂风。

获知江南红豆全国爱情诗词大赛组委会发来告知函与授权书作句记之

春风又绿江南岸，报我花开告早签。

不道心扉常任重，却为红豆话缠绵。

题句

歌者绰约仁者鲜，葬花犹看女儿颜。

流春抱日溪山曲，爱到昏黄寂寞寒。

春望词四首

一

纤风林野寂，草长步依依。

踏此夕阳景，深情已满枝。

二

流春碧海云，野径草同心。

但语双栖鸟，何悲落日寻？

三

林花十里香，伫望过衷肠。

纵是春风语，难题不了伤。

四

谁吟春望词，渺渺话无期。

卜作迢迢曲，霞飞袅袅思。

子夜曲

山村几回宿，山月照斯人。

山水经年曲，山峰寂寞云。

鹧鸪天

哪自悲伤哪自愁？梧桐叶底绿新柔。若梳荏苒无相了，夜夜风吹念不收。

心厌厌，愿难囚。须臾只待梦白头。无言漫漫八荒老，莫道人间不自由。

无题

无心赊月漫赊愁，月在愁中梦在流。

问起相逢多少次，飞来寂寞已霜秋。

中五台归来以诗礼寄贺道长

五台天籁道光盈，且补闲诗落满钟。

静看清幽闻世外，隔星寄去布衣情。

【双调·落梅风】

夕阳下，物态闲，叶风吹起云一片。无惊看来犹是险，问佛谁拜能如愿？

【南吕·四块玉】

寂寞弦，心偏远，一缕夕风好平凡。东篱把酒终成愿。皓月寒，莫话禅，几处烟。

【中吕·卖花声】

丹青入眼云山并，架上灰尘案上峰。春秋纸掩醉围城。人间一梦，肝肠淬炼，铁石心女儿国境。

【越调·天净沙】

微言陌里歇声，白云深处心灵。每坐书斋静静。夜来无梦，随听万古涛声。

【越调·凭阑人】

自寄糊涂半纳禅，不寄聪明过世间。笨心还笨言，钟书斯地偏。

【双调·拨不断】写曲

本无闻，静生心，闲风带月微霜鬓。老岁初学知命勤，心灵慢度开怀近。曲儿终犹禅逃遁。

【中吕·醉高歌】阴晓顺句

闲门寂寞书山，入静无非自然。春来不想秋风远，底事长存默念。

【中吕·醉高歌】读书

无风也自心间，有韵何愁不染。吹来旧事飞花叹，莫道丝添荏苒。

【中吕·醉高歌】花开

花开怀抱无间，门闭山风月览。皆云风雨彩虹愿，不道心愁正恬。

【中吕·醉高歌】境

流心流月流吟，高枕低云却真。梦来独见空叠印，如海茫茫哪寻？

【中吕·山坡羊】午饭闲得

经年谁看，即心即见(xiàn)，深得劳逸方恬淡。梦无端，笔耕田，拾得自在寒山断，入世风尘出世管。忙，终为闲；闲，才是凡。

【中吕·山坡羊】午饭闲得

吾心皆韵，吾身难遁，偷闲即抱白云骏。过何林，遇何人，方言无奈谁相印，只把清浊一笔啃。吾，实几分；吾，虚几分。

王顺山

云帆挂境水幽蓝，好借横笛吹过山。

漫步石阶林密密，填来绘意聚荒烟。

【双调·鱼游春水】沪上夜曲

夜如如，曲儿孤，风云庐、莫叹修途。梦放千年幽静谷，日月独孤，独孤几回路，人间话有无。

【双调·鱼游春水】问

刺谁心，刺谁身，莫数金、法外无门。道尽沧桑修个悯，天下人人，人人问一问：谁心不是心？

【双调·鱼游春水】曲讼

事难逃，骂难消，民间谣、法犯天条。纵死千回重复了，是路迢迢，迢迢看前兆，何时罢笔曹？

【双调·步步娇】焚香吟

初月横波着蝉鬓，佛手莲花印。一卷心，两袖吹来立秋门。是何身？飘渺花间恨。

【双调·步步娇】立秋

好梦清凉翻新句，明月无辜负。身病菊，瘦减琼楼几回抒。醒吟胡？惆怅秋声赋。

【双调·步步娇】立秋夜

去日阳和多无记，今夜秋声忆。杨柳枝，总写芳菲赠别离。道无期，残梦犹寻觅。

【双调·步步娇】三更茶

烟火绵绵添白发，过隙空嗟化。和月牙，轻唱闲愁郁消茶。问天涯，梦里何牵挂？

【双调·步步娇】闲笔

一炷心香三更过，还复闲消坐。清照歌，帘外风吹醉烟波。夜婆娑，相与无相破。

【双调·步步娇】闲读

幽夏读书题三径，长卧冰河梦。浮世耕，纸上行来气觉平。路一程，穿越人间境。

【双调·步步娇】陋巷吟

平静沉浮无相抗，随遇轻拿放。忧莫伤，自在耕耘任天长。但心翔，千古一条巷。

【双调·步步娇】梅花吟

谁是梅花修得到？风雪纷纷傲。洁自陶，红遍春寒任残消。内心烧，乍见人间闹。

【双调·步步娇】午后茶

纸上重逢霞飞耀，举手摘来泡。香雾飘，品到梅花几重操。漫悠烧，闲雅幽人貌。

感述一章

少也江湖，秋年嗜朴。

余生可畏，隐秀读书。

青眼阅世，交以淡壶。

不媚行身，诗心静谷。

忧来奋笔，众里闻无。

卜愿采撷，莫落荒疏。

诗话

诗的魅力，在于文字的美、真。在于宁静，在于力量，也在于别有意味和不可复制，这也是好诗的特点。诗，因为其不可复制，所以诗是艺术生命创造后的产物。诗，因为共鸣而使人喟叹。诗，解得心绪而使人好吟。诗，一唱三叹而使人顿挫飞扬。诗，慰得生命、修得真纯，成就自己。诗，是繁华一抹，是悲伤烟霞，是月亮灵魂，是流水东逝，是春夏秋冬，是梅顶风雪，是松涛琴韵，是高士逸怀，是英雄孤胆，是田园风致，是志之所仰，是情之所予，是山夜落果，是石上清流，是精神自振……诗，更是自己的生命流光。

【双调·步步娇】午后茶

纸上重逢霞飞耀，举手摘来泡。香雾飘，品到梅花几重操。漫悠烧，闲雅幽人貌。

【双调·大德歌】忧调

梦中真，醒来寻，一种忧烦蚀月君。隐隐约约遁，复灼心、厌此身。还须当下尤疾振，莫作落寒吟。

【双调·清江引】秋雨

晓拟雨词时正秋，叶满枝头露。花开连日红，湿翠清浮皱，坐看水云天上走。

【双调·清江引】感时

人间剧谙熟媚理，谁讨得谁立。结成乡愿群，上演一出戏，到最后终于自欺。

【双调·清江引】咏怀

休说自由心尚矣，问阮何哭泣？鸣琴幽夜弦，醉里弹坚毅，咏怀句纷繁顿起。

【正宫·双鸳鸯】躬行

爱生活，厌蹉跎，一片浮华日日磨。感世秋声心麻木，躬行一个莫悲歌。

【正宫·双鸳鸯】听雨

雨霖铃，桂花明，莫醉读书正可听。叶底流吟谁得懂，一花飞谢是恩声。

注：恩，周恩来，周总理。恩声，周总理十二岁那年，老师问同学："诸生为何而读书？"总理曰："为中华之崛起而读书。"

【正宫·双鸳鸯】茅庐歌

唱竹篱，醉花溪，笔耸青峰雁影稀。作个茅庐诗挽月，一杯星眼过山西。

【正宫·双鸳鸯】闲适

卧良辰，等闲人，雨过知音世外春。是彻西风随便曲，安然无事到陶门。

【正宫·双鸳鸯】岁月静好

日光阴，月光阴，往事堪嗟陌巷门。过了春风秋满面，浑能殊愿闭幽心。

【正宫·双鸳鸯】书斋

做书人，走光阴，一寸心田有限春。梦醒秋霜翻作曲，菊开三五忘年轮。

【正宫·双鸳鸯】对境

晓寒轻，雨声声，偏惹秋思与梦盈。惆怅音尘休要吵，吟得弦断有谁听？

【正宫·双鸳鸯】躬行

爱生活，厌蹉跎，一片浮华日日磨。感世秋声心麻木，躬行一个莫悲歌。

【正宫·双鸳鸯】写曲

夜栖栖，梦迟迟，填罢清愁曲复习。终是无弦啼露眼，唯闻蛙鼓唱秋思。

【正宫·双鸳鸯】叹

叹飘零，享清平，多少忧心满月盈。谁囿灵台三尺梦，争无一寸是光阴。

少年游

夕阳送晚，雁声忽断，一片海云天。风摇柳意，慢笛幽远，秋影叶飞寒。

倚得心事，归来月下，露眼照无端。岁嗟风雨梦何堪？是隐遁、卧星残。

霜天晓角

软红带露，掠岸西风柳。昨夜思深荏苒，声摇曳，月云走。

梦守。衡门陋。是东篱把酒。掩卷菊清心淡，且无寐，应回首。

鹤冲天·秋夜

廊桥遗梦。三五疏清影。夜色久撩人，如何醒？莫感风尘眼，星淡淡、芦笛咏。良辰一刻景。须是无闻，自见月中丘岭。

繁华世相，依此堪寻清冷。最解苦寒菊，梅花弄。傍个清平乐，谁说汝，念生命。枫红秋耿耿。忍向浮云，到底笔来闲兴。

红窗听

向晚如虹天外水。折是柳，寄秋寻北。岁来一个欢无尔，自怜风吹苇。

夜里谁堪清梦泪。吟讴醉、如何不美？情归绿翠。但浇愁字，莫吟名利累。

卜算子·近中秋

最是买风尘，却道空一任。独自行来独自秋，莫向花前恨。

夜月几回盈，又数茱萸韵。坐静斋菊丹桂飘，念念终无信。

夜行船

秋夜芳菊开半枕。花前按，莫云徒甚。眼底枫红，露啼苏小，但遇却成月寝。

顾此何得杯上雨？秋霖霁、笔还滴恁。似梦溪桥，水流天远，舟是后来人隐。

鹊桥仙·望夜

焚香观月，聊酬子夜，一卷旧词添雅。望高楼影闪朱蓝，莫道尽成风化。

书斋是远，韵行琴水，但有浮云时恰。忧来日日秉闲游，坐静人间似衲。

摊破南乡子

得意去年时。偶赏韵、月影新词。忽风雨骤天如此，人行其道，莫贪红绽，几看花枝。

内里转逶迤。笑无语、灯下犹痴。解来三五中秋夜，谁吟把酒，梦回老句，醉写迷离。

【双调·得胜令】中秋

抱月洒清欢，把酒祝团圆。可解郎州月，还吟四海帆。风恬，此夜书银汉；云闲，今夕话广寒。

【正宫·双鸳鸯】茶话

笑无常，笑无常，理想青春不假装。漫煮秋枫凋玉露，似闻工部赋忧肠。

【双调·河西六娘子】释梦

回首春风已是秋，人间剧、数风流，转身合适轻轻秀。把笔问闲愁，踏世笑何求，梦忽惊、醒便休。

秋雨

叶不摇风典当钟，秋来读雨点苍穹。

声声世味经年屦，踏尽霖铃是柳卿。

【双调·清江引】秋雨

晓拟雨词时正秋，叶满枝头露。花开连日红，湿翠清浮皱，坐看水云天上走。

【双调·清江引】感时

人间剧谱熟媚理，谁讨得谁立。结成乡愿群，上演一出戏，到最后终于自欺。

【双调·清江引】咏怀

休说自由心尚矣，问阮何哭泣？鸣琴幽夜弦，醉里弹坚毅，咏怀句纷繁顿起。

漫兴（古风）

不见飘灯瓦上苔，农根旧梦已尘埃。

窗风细雨秋声淡，露眼粗笺物态开。

醒面萌芽心土色，盈菊境界自身白。

诗中画语竹深浅，妙理丹青小院栽。

【正宫·双鸳鸯】近中秋

盼中秋，近中秋，月亮清清是夜眸。水调歌头心漫漫，菊风低唱我登楼。

饭后酌句

他有千般秀，你无一事求。

何来名利场，只有水东流。

感杨焕亭老师走校寄望

笔上高丘老也耕，诗心走校寄初阳。
一春一夏一秋起，未忘担当著鬓霜。

书斋

蕴藉三分久泡春，心宽六尺路还深。
得年苦旅合风雨，饱借精魂阅自真。

漫句

先生瘦骨坐经台，自述文章六月开。
偶课山风吹自抱，白云信手岭边栽。

秋思

秋实终可报，月魄照迢遥。
铺满清光纸，何词写寂寥？

陪女儿汉唐书城买书题记

吾知此癖总深耽，爱涉书城眼最尖。
旧版翻新好精致，随题苒苒落西山。

无题

久味深寒炒热情，春心落泪正秋红。
一思一念一枝笔，莫写花飞雨后浓。

转调二郎神·暮吟

梦眠未雨，到这里、欲填秋令。几起落轻寒，阴阴郁郁，试此声还泠泠。不是情多思织网，纵有想、一番心病。忘我莫言传，灯前勇气，不堪花影。

初省。应抛流绪，还勤时境。料来路难行，荡开慵懒，尽瘁清霜有径。大雁一行，画菊心淡，门闭感吾诗兴。坐逝水，空写青春半世，夜听幽静。

丑奴儿·无题

而今所道知心曲，不愿愁闲。不愿愁闲，纸上读来更使翻。

无言莫问知心曲，复复缠绵。复复缠绵，感动经年步步坚。

鹧鸪天·寒露

寒露来时草渐黄，好逢红叶著悠长。相思淡淡西山隐，更望森森北斗藏。

词几句，月一窗。莫听渔火满天霜。灯前持卷寻折柳，欲寄迢遥借雁行。

【南吕·干荷叶】寄

何沉重，哪忧伤，莫想风尘网。问秋霜，爱书香，枫红雁影过寒江。思溅灵台上。

鹧鸪天·秋夜

犬吠车声倏复宁，灯明瓦亮夜黑屏。无风耳静寻思想，有笔心空借性灵。

听月影，品秋茗。人间惆怅是三更。诗达不意偏说未，境到随缘岂陌生。

青春寄笔

身若浮萍心若土，轻犁种下爱和情。

经年披月长浇灌，一夜忽开满苑红。

鹧鸪天·三更

又到三更心复宁，轻飘浮绪笔催耕。回翻牙月敲时运，且泡无弦品太公。

思现象，动忧情。远离碎片坐围城。学年莫想阴晴事，只盼青春寄后生。

本真

风摧黄叶饱经霜，莫负飘零莫感伤。

回首青春桃李艳，也做苔花独自芳。

乡心

乡心何处洒，问月梦倏忽。

寸草年年长，只堪笔上锄。

采桑子·重阳

何时载酒夕阳好，又是重阳。共祝重阳，满眼菊花岁岁香。

青春不怕来无计，笔洒情长。笔洒情长，落尽枫红刻意伤。

读诗即作

铁壁围城似狱囚，自由还向洞庭秋。

君山划却弥天阔，湘水平铺不醒愁。

读诗

楼隔秋雨怨，谁会我悠然。

更向心行处，分得杜牧寒。

闲吟

都说身外不说心，句句听来岂是真。
道尽胸襟何气宇，独得瘦骨做无闻。

漫题

越过村庄越过楼，白云缓带水之舟。
斜皴一笔烟霞瀑，金甲铺成纸上秋。

题句

往日相逢几个君，今夕整整大唐春。
别来千载值秋月，从此揭开夜夜心。

感女儿十二岁生日写给父母的第一封信

泪花流到我心田，之笔田田似吐莲。
字字单纯书豆蔻，被尔忽惊十二年。

闲吟

莫使秋风扫笔头，邀谁坐月话闲瓯。
清辉四溢随时舀，开口松筠皮陆酬。

注：皮陆，晚唐诗人皮日休、陆龟蒙，有唱和本《松陵集》。

有感

身坠尘风不如草，羡他春复到秋高。
一年一度心安过，好自飘然好自陶。

杂咏二首

一

已非狂客太白身，愈想当年杜甫魂。
愤世终须肠内热，怕书形式尚留痕。

33

二

尚真裁剪可堪闻？唯有无名道理深。
岁月之心洵陌路，一朝惊艳到梅春。

复白雪君

寒凝冷夜月光开，不惹愁杀瘦落柴。
若满一杯相唱和，遥闻青女踏歌来。

贺武杰君茶社落成

书禅茶道两同源，雅落人间客舍闲。
但贺千秋鸿渐月，能弹要眇煮湖山。

子夜

老去三秋鬰（yù）晚阴，诗工正好计浮沉。
凭心念此灯前语，且向虫鸣补个身。

初冬晨句

刻意为之刻意删，最堪摹写小孤山。
朝撼冷雾人心锁，笔起繁霜架起寒。

觅句

年来不畏浮云眼，偶写清魂最爱单。
静坐闲斟空旨句，随托月亮化霜寒。

冬雨闲思

请作初冬过雨诗，寒云笔上雾霾稀。
闲来客串江南句，且把枫红问远伊。

兴题

借君茶社赋新词，云雾青峰飘满诗。

慢泡闲风兴雅句，谁拾流水过桥西。

悲吊（古风）

逝去才堪见，别来慢慢前。

今托心月亮，往顾旧春天。

到底悲先起，无非泪后残。

蹒跚思痛跪，字字化寒烟。

撼零

"美之一处，心波激滟"，诗心。"一片诗心散不收"，诗心。"门外清溪日夜流"，诗心。

杂咏

春看青青冬看风，枯枝枕梦立苍冥。

轻裁败叶荒寒起，窃比繁华不吐声。

书句

隐泪闲吞字字凝，白云那境化开冰。

恩承苦水翻三遍，喜看精神唱北溟。

夜读

笔下登临纸上峰，白云怯怯过零丁。

终因明月心间照，不乱经年子夜星。

无题

小径无人看野烟，朦胧试笔隐约前。

袤集广阔寥天海，静虑一枝问可禅。

漫句

莫起名头笑笑心，陶潜酒里是何身。
东轩不怕曾饥饿，未负洁白一片云。

公祭日

莫忘东瀛灭我身，重拾血火忆前尘。
头颅每祭烽烟月，不死英灵复战神。
注：第五个国家公祭日。

蓬庐诗钞二

题红豆

手把长春笔，清欢一首诗。
白云飘过境，红豆挂相思。

德彰六艺须勤奋，
志尚三余再苦读。
（精进）

十年书海三冬暖，
一世文章满月寒。
（学海无涯）

偶感

句舀青光物始闲，掀开林月到中年。
吟得几许身劳碌，简化时风莫枉然。

连天重霾天气

毒霾笼罩车如海，遮眼楼林一角埃。
拒望长河心造境，愿拾风景岭云白。

闻夜

绝交不假想山涛，要释权名远我曹。
小写时风接吊诡，知情正是冷萧萧。

三九三

早雾浓浓灯影闪，遥天隐遁不藏寒。

随吟觱篥（bì lì）听三九，写下梅花种我田。

书斋

给我时间小筑天，能删记忆忘人间。

虽无美梦逐仙境，却爱寻来纸上贤。

无题二章

一

人心什样往来传，猪狗犹能被世牵。

不胜儿男皆父母，悲嗟养老竟谁担？

二

拆迁本是好居安，老却无依靠法官。

莫问儿孙金碧住，为娘孤苦向谁言？

昨约

梅花不怯雪中风，自染新红比酒浓。

爱有停云邀日午，来听发小放心胸。

笔意

端得枕上几分眠，意取白云试泡蓝。

仗笔三千垂瀑布，清风好赠李白弦。

竹魂

诗成腹内气成吟，爱写竹林飒飒魂。

抵近神交讴郑燮（xiè），糊涂道尽万年春。

大寒题小院之菊

红白对月冷霜催，信有东篱把酒栽。
不怕寒飙吹断句，犹题小院动情开。

喜迎新春

莫吟白发三千丈，可写流云九万章。
待月迎春春要眇，灯红满市挂咸阳。

困作

闭门堪近有闲辰，清风细捋不愁人。
悠然睡在白云里，好梦扶摇句养神。

无题

致身徒作笔端吟，好句三年两朵云。
不醉郊寒合岛瘦，愁来爱唱武陵人。

听竹

不说民瘼（mò）几十年，好世读书鬓渐斑。
坐夜听风竹飒飒，依然爱你在人间。

书斋

时间走过小书斋，寂寞一杯自写真。
但对汪洋升海月，掀开世界地球村。

讴歌

尘灰扫尽小街新，不胜风笛共此身。
但爱清洁心过处，应怜景致好温存。

采桑子

烟霞最赏西湖好，却在咸阳，愿是云翔，但坐欧公韵底觞。

人愁去处林泉鹤，不叹忧伤，触目浮光，时有风来梦断肠。

浣溪沙·饮水词浓倍寂寥

饮水词浓倍寂寥，梅花无句酒难消，任将红豆伴香烧。

春色花前心冷艳，天涯咫尺信如潮，离魂入夜梦遥遥。

浣溪沙·也道飘零任可怜

也道飘零任可怜，桃花无奈谢春天，偏来肠断自经年。

浅涩深杯牙月好，风摧柔柳慢铺笺，离魂填上旧桑田。

无题

一段深情化骨枯，三生惟念信浮屠。

山盟但补相思病，留下人间两地书。

摊破浣溪沙·是个人儿就有声

是个人儿就有声，月来如海恨分明。淡淡流云天籁好，寂三更。

瘦了时间摇客影，萧萧若梦入残灯。莫问多情红玉软，怕多情。

初七夜观诗词大会得茶趣截句

闲娱自乐泡诗茶，好器得来不用夸。

更有飞花令人爱，美如杨雨笑如霞。

题梅图

不识梅谱也题梅，朵朵红花是故人。

信手拈来满城雪，还听喜鹊唤初春。

感而作兼寄杨焕亭老师

精神便是梅，更有领航人。

傲放迎风雪，丹心一片春。

东山白云意

伸手白云牵手难，斯人缥缈意无端。

等闲来卧东山岭，逝去红尘触动弦。

三贺陈更荣获中国诗词大会第四届总冠军

四载飞花入海棠，心连碧海爱汪洋。

扶摇展翅白云里，不枉诗情到宋唐。

三更

最爱读书最养心，无非无是却精神。

夜沏茶水焚香境，拽片时光自在吟。

雨水节气晨想

忙忙碌碌又一天，多少时间是感情？

莫若蜜蜂春采蜜，年年不负好东风。

元宵日逢雨水节气

今夕无雨还无月，转入东坡曳杖声。

慢赏闲听千载后，犹能看到故人行。

观望

云里太阳穿透风，不疼不痒淡还浓。

举头枯叶低头草，两种心情意外逢。

撷零

道可道，非常道。是道法，也是诗法。诗之灵活，其有生命。使人产生不息之联想，可以一生二，二生三。诗之感兴，带着强大力量，呼唤心灵深处很多美好之感情和高尚志趣。此为叶嘉莹先生之说，当可共鸣。

撷零

陈恭尹说诗"当求新于性情，不必求新于字句"。求新于性情，不假即真。求新于字句，不真则假。有什么样之生活，什么样之思想，什么样之感发，笔下直抒己意，在实践中树立自己之风格。陈恭尹诗："文章大道以为公，今昔何能强使同？只写性情留纸上，莫将唐宋滞胸中。"并提出："性情欲流，流而不俚。"主张跳出古人之意蕴、词藻和体式，但又不能背道而驰。在今天皆可适用。

题断肠集

柳眉新怅旧人妆，好玉一枚透碧香。
莫要人愁花满院，断肠词下又昏黄。

无 题

诗心流水哪堪伤，又到昏黄触断肠。
带泪残眸消旧恨，题竹不尽傍潇湘。

读《朱淑真词传》

断肠诗草亥时读，少女风华抱月书。
偶付萧郎诗万首，分开寂寞等闲读。

无　题

漫赏芳菲任期许，谁能日后伴诗书。
而今满鬓相思染，借尔惜春愿最初。

春　愁

人怜寂寞带新愁，落落梨花似雨忧。
不忍多情原是病，飞来月影挂心头。

夜　读

几日春风何遣兴，乍合愁病意相仍。
调集芳草添惆怅，幻想填词梦不成。

夜读三更

夜来独卧阅词心，寂寞梨花把酒沉。
回首依然愁不奈，如今暗恨未合身。

夜读又作

柳丝和泪复斜风，不雨思来点点声。
易见词心难见面，终流不尽许卿卿。

读《朱淑真词传》有作

逢春怅物惹新愁，一霎沉云日暮收。
不减多情花解意，唤回杨柳是卿眸。

恨　春

不语东君又几时，别来正月句扶持。
风光懒试相思眼，唤起新愁各自知。

恨 春

断肠闲看恨春愁，不去丹枫想到秋。

解语天涯和咫尺，月随佳句挂西楼。

恨 春

莫使蜂媒传客恨，柳织春线又织愁。

方今不计长流水，夜夜空回尔倚楼。

读朱淑真《清平乐·风光紧急》缘贾岛之《三月晦日赠刘评事》感作

诗僧落魄苦吟身，三月三十剪取春。

堪寻莫赖文章遣，好借相思瘦到今。

感 作

又逢沉溺几多情，泪眼须臾满纸浓。

不想枝头花艳艳，愁来落雨妒时红。

无 题

闷怀拾起一窗月，不奈轻寒不奈谐。

对景残题萧瑟邈，可怜飘落梦中蝶。

无 题

自斟哀怨愁消遣，笔墨一丝到鬓斑。

要写铅华唯有忆，争来苦涩老来翻。

无题 (折腰体)

心是青莲思是豆，红飘寂寞月春秋。

不刍无情千万缕，书藏苦雨数风流。

晨 读

千年寂寞红尘少，霙醉相思泪底消。
莫问多嗟轻世故，寻常到此任愁撩。

无 题

时间不死水长流，忍剪相思细剪愁。
对景冰轮倾洒处，莲花开遍我心头。

无 题

含蓄朦胧心不停，忍受时间忍月明。
更忍无眠青涩笔，好流愁绪画东风。

无 题

瘦作梅花念正浓，随春落雨入丹青。
铺开浅水裁诗意，尔影犹能俏不争。

咏朱淑真

玉碎而今入笔春，幽香寂寂雪精神。
但能回首梅花句，耗尽相思不负心。

无 题

付与人间寂寞茶，从来寂寞傍天涯。
天涯每咏蒹葭水，不老诗心共柳发。

即 题

郁郁心头付与谁，应怜杜宇更添悲。
花红柳绿春光满，却碎愁怀枕上飞。

无 题

自道心头不与人，梅花亦瘦月黄昏。
清光馥郁盈盈水，疏影横来做个邻。

无 题

薄笺只酿内心莲，吐尽干洁默默残。
偶到灵台敲雨处，始知天意若循环。

即 题

深闺付与断肠词，有幸诗怀无限思。
细数风华多抑郁，谁怜缱绻绿春池。

即 题

玉镜妆台向内流，莲心夜夜挂西楼。
别裁二月东君懒，怕写相思染病愁。

即 题

折损光阴笺上春，悲无落泪亦无尘。
风来每向孤心远，暗醉莲花寂寞魂。

有题并序

她，是否天外来客？但涉人间，怕是无人匹配！故，只有断肠，留下绝响。

细数相思不尽愁，悲来瘦爱染词舟。
卿魂但取莲心愿，只做淑真纵月眸。

即 兴

一个微尘一个游，把心还给等闲愁。
问劫如是拈花笑，莫做悲凉谢九秋。

无 题

如是莲花如是爱，一生回放倍凄哀。
纵身一跃时间雨，留下天空笑尔猜。

杂 句

东风振樾几十年，妙笔难拾各自艰。
有道天真行自爱，无闻世外做儿男。

无 题

柳无风力韵依然，逝水滔滔抑郁弹。
再煮时间听寂寞，云山一望又千年。

无 题

禅欢几起月飞烟，忍性轻扬五指山。
净土白云深处乐，想君无释见佛莲。

无 题

莲开净土莫逃禅，境照明灯卷释然。
慢煮三春香袅袅，光阴不复夜听弦。

无 题

羲和带翠眼前人，共与东君绽放春。
慢取夕阳看花处，只留无限付知音。

星期六

又假闲暇不负情，春光化作纸间行。
深怜病骨伤愁句，手写同心叫永恒。

星期六

刻画相思步履春，孤独走过不留痕。
一天一月一年里，只写别离入骨深。

无 题

莫嗟伤逝水难收，画里白云澹荡流。
拟句蒹葭多少梦，只能一任到心头。

无 题

一杯水月几分眸，剪尽烟花素纸秋。
但写书声归夜曲，沉浮意境指间流。

无 题

心流静水韵流香，一曲幽吟复未央。
愿此栖居田半亩，能寻梦寐种文章。

无题

莫道天真失去春，听风遁夜入微尘。
茫茫百感心迟暮，不笑登台却笑贫。

贺陕西省诗词学会第六次会员代表大会召开

手书桃李杜陵花，好雨工诗便到家。
莫想长安居不易，只擎秃笔饮流霞。

无题

不是春光不解春，丹青境里客白云。
但能隔世无俗语，便是仓央嘉措心。

春雨

好雨三更春夜静，穿林打叶最堪听。
良辰莫管他时月，只任今宵寄性灵。

无题

枕上相约自己听，梦藏心底笔无灵。
抓来浮世二更夜，好煮婵娟万里明。

闲吟

已无诗兴遣悲心，却要维持笔下痕。
但对漆黑一片夜，唯灯点亮满城春。

闲读

屋小书多落脚辛，沙发枕上卧三春。
黄昏过后时间早，便是茶闲对故人。

偶题

风来寂静亦无声，只有穿林打叶鸣。
谷雨时节当试笔，将心刻在雨霖铃。

寄诸君口占一绝

诗情洗礼韵高扬，掸去尘埃共举觞。
莫怕文章深巷酒，写出一代自芬芳。

凑句

风来撼树满城摇，卷起尘埃欲雨消。
但写三余时正待，莫嗟搜句苦推敲。

暮春雨天

雨落风烟心自偏，杳然吹到旧江南。
但聆笺上诗人句，莫问潇潇打叶禅。

偶作

一生偶种悯农心，不二精神土下根。
少小锄禾日当午，复吟归趣哪来村？

杂句

笑写荣枯掩卷聆，买愁一树去东风。
繁华落落梧桐雨，冷淡疏疏绿柳明。
漫漫时间成小坐，匆匆岁月送馀生。
而今两鬓白云染，却要无眠对夜灯。

闲思

地球愈来愈小，
繁华处处可见，
心却愈来愈宅，
泡上一杯寂寞，
品鉴愈来愈深的孤独。

感竹林七贤与鲁迅

寂心标举对英飞，竹影萧萧落在眉。
堕落从来无对抗，任凭思想起风雷。

五四日

觉醒尘封打烂陈，鼓敲人性再青春。

百年一梦声犹在，只寄初心莫负身。

【黄钟·人月圆】晨曲

等闲诗眼三春去，又作等闲吟。鸟啼欢快，树高叶密，旭日清荫。《幺篇》又拾平仄，绕吾孤枕，几忘山林。奈何期待，奈何惆怅，何赖思寻？

【黄钟·人月圆】周六

绿填心境无如梦，周六懒相逢。且随时意，人听鸟叫，写下闲情。《幺篇》拾得远岫，更赊来日，不负清风。又思明月，卿卿我我，泪雨三更。

【黄钟·人月圆】善如流水人低就

善如流水人低就，归日向泉林。岭高云雾，神仙之地，梦断红尘。《幺篇》相思不意，枉添白发，莫怨深深。但凭明月，焚香遁入，念尔莲心。

【黄钟·人月圆】浅深无奈书生意

浅深无奈书生意，莫怕与人聊。话从心底，难逢知己，只与愁消。《幺篇》似沉烟水，愿持一字，抱任萧萧。路遥如梦，还须明月，万籁悄悄。

【黄钟·人月圆】散步过福园巷子

暮随烟起夕阳落，岁月是条河。此时人沸，闲得碎步，踏入婆娑。《幺篇》慢穿巷子，瓦檐古老，造旧成歌。赏来生意，一番滋味，当与谁酌？

母亲节

走过时间跑过寒，回家只记有炊烟。
空巢已惯寻常日，背后何堪洗泪颜。

【黄钟·贺胜朝】课间一瞥

刚打铃，乍欢声，楼道腾，旺盛青春如马惊。剪裁摇绳莫叫停，次第进，巧轻盈，正循环，忽打铃。

偶得

大热东来心寂静，蒸蒸世态日匆匆。
慢得人性三分绿，好泡一壶夜月明。

练句

一霎清风腕底松，半窗幽静枕钟声。
再来赊月涤青眼，刻在心田挂碧空。

感作

尝经世故看人能，莫想得失愿客风。
偶感通达分冷笔，轻摇月亮过桥东。

勤能补拙

看尽投机枉费身，一生爱笨有乾坤。
勤能化作春风雨，好洒钟情与故人。

问己(古风)

久不神交枉自愁，一个繁忙一个忧。
倒数夕阳弗少小，谁能拽住水东流？

下班后泡书城

夕阳带我入书城，不减痴心爱晚晴。

笑看相逢多旧故，聊能做个小虫虫。

笔释寄无因

日落西山暮色还，临窗怅怅向南山。

无言冷对清风月，有句温存子夜弦。

但话忧伤闲掷笔，难嗟落寞几分寒。

寄君依旧汤汤水，握手初心砚底宽。

【仙吕·青哥儿】无题

修得冷清一树，何妨茌苒盈虚。最是心头有月居，寂寞一瓢借思书，孤独注。

【仙吕·青哥儿】中宵

夕拾冷清一片，临屏自问安然？但卧三更月路寒，可借新愁赋无眠，轻轻念。

【仙吕·青哥儿】偏安

折叠心儿成愿，铺开画上青莲，更有白云懂蔚蓝。举目清风著偏安，飞来雁。

【仙吕·青哥儿】守残

心儿晓得无奈，偏从静处独开。不怕消磨鬓上白，款款凋零落尘埃，原生态。

近黄昏

渐近黄昏逝去辰，一天静处半沉沦。

每填一曲听云水，等待明天续此身。

【仙吕·青哥儿】无题

一分一时一日，荒荒落落痴痴。愈久难挨未料知，只待消息怕有失，绝无事。

【仙吕·青哥儿】无题

谁能替谁谁替，荒唐想法离奇。却向佛前等待批，不枉白莲梦里依，独忧郁。

【仙吕·青哥儿】无题

忧词莫填心境，唯求一字之诚。造化三秋雨里风，终是无由泪倾城，人间梦。

【正宫·塞鸿秋】无题

夕阳寂寞飞鸿去，青山黛色流云瀑。何人柳岸依依处，平平仄仄声声慕。不胜总深深，莫道归心路，诗情一笔佳人注。

端午早吟

境去俗人眼，心流卧榻闲。
当然无所住，只管享偏安。

书城闲陶题记

坐下便痴痴，还凭子美诗。
了然知物妙，也傍客愁时。

无题

不语夕阳日暮流，烟含水带夜云收。
闻风四野心弥漫，懒作空题九转喉。

无题

入世干嗟看客多，能心更怕使心浊。
青春每寄青春语，不死灵魂唱九歌。

无题

人间有路人间挤，只有书山路上稀。
每到三更星寂寂，犹迷卷里似山居。

无题

逝水烟波漫客愁，闻风睹字病成秋。
铺平月色流云染，落在心河尔是舟。

无题

纸端眉目付青烟，赖靠游丝不显山。
在世翻春秋作渡，灵犀指下抚华年。

坐夜

夜籁听心感素肠，年华落月水汤汤。
撩吟但把书人梦，唯有相思不可量。

本色

本色应怀士，寻诗陶令奴。
听风竹飒飒，可是阮籍哭？

进山

山气凉如水，南风洗翠微。
听泉二三里，小坐岭云飞。

无题

无端思老矣，秉笔取东篱。
莫想年深久，生涯到此馀。

题《闯关东》

英雄有真气，浩浩亦无敌。
乱世刀头血，唯求死不虚。

偶作

愁能净尽水边污，入卷天空好大庐。
月洗南风清寂寂，流云过树有人哭。

无题

忧含露水喜含愁，一路行来菡萏秋。
不借风残悲宋玉，拾得寂寞总悠悠。

杂句

可借祸中福，吟得寂寞竹。
年年候已至，不过靠读书。

感作

平平一抹尘，仄仄见枯根。
对此忧今日，皆成漂亮身。

杂句

吟田莫秀文，有气力何存。
造化轻浮笔，那堪生暮云。

青春寄语

青春写下大江流，细律还行逆水舟。
在世三番激险浪，应该力拓莫言休。

无题

梅傲不同俗，凌寒赠远虚。
迎风开寂寞，不肯去孤独。

无题

长去消息春复秋，时间一抹鬓残收。
听风只有随缘句，不闲心田是水流。

写意

能词非本分，望树绿成春。
岁岁秋凋尽，谁言土下根。

读陈简斋《中牟道中二首其二》有作

良辰好与夜相约，共此书心寂寞绝。
但爱简斋沉痛句，尘沙反炼我之学。

无题

舀取年华鬓上斑，暂留疏落抱书眠。
一番小寐时间雨，梦里回头爱义山。

四更中雨读《杜诗艺术与辨体》感之一首

听风透雨杜诗浇，感愧狂涛比六朝。
作句今时非往日，谁能点铁入离骚？

四更

夏雨淋心好个凉，终能寂寞四更肠。
搜得会意消达旦，不要衔悲骂犬羊。

五更

梧桐夜雨海棠眠，好趁天公去暑颜。
抱卷消磨翻作句，尚余茶海半壶禅。

撤零

余薄而泛读，乃取心合。贵撤零一点而记之。今人常说作诗先以命意，此宋人之道。吾多读多思以作，尝无此理，盖读诗话，知有"诗有不立意造句，以兴为主，漫然成篇，此诗之入化也"，信哉！此兴致为主。

练句

月色还凉山色秋，梦眠一觉自悠悠。
风来练句轻摇曳，淡写江湖不写愁。

题陆游《杂感》

等死心情任月明，放翁及老志难平。
莫嗟归去非偏见，识破寻常忘姓名。

夜读

韵曳蛰伏柳，怀开子夜游。
之心无管见，兴会笔难囚。

书韵

笔隐书中道隐茶，学则做己止桑麻。
爱勤梳理消情趣，更赏寒梅到我家。

无题

不类时疏远，合心寂寞诠。

翻读元亮句，此刻复何言？

题山水方璇壶

青山影树匠心茶，绿水常寻兴外发。

掷句一回驰翰藻，不觉林下到僧家。

撦零

欲作不得，未可知心也。作而不佳，不得其时也。天时地利人和，不岂尽于人事，亦与作诗合，看代代才人，信是。苦水先生说，人要以文学安身立命，连精神、性命都拼在上面时，不但心中不可有师之说，且不可有古人，心中不存一个人才成。学时要博学，作时要一脚踢开。若不然，"出手便低一格"。但有经验之悟者，或有实践之觉者，成。

撦零

苦水先生说诗有氤氲，有觉，活，让人有真切透彻之感。便读了，或以彼不知其可以是，或以彼如是好，若以另外角度则反之。此正如物之两面。随摘几句：诗句不能似散文，而大诗人的好句子多是散文句法，古今中外皆然。如"芳洲之树何青青""白云千载空悠悠"。普通人写人都不太人味，或近于兽，或近于神。我们喜欢的多是此种人。诗，太诗味了便不好。读晚唐诗便有此感，姑不论其意境，至少在文法上已是太诗味了。如义山"五更疏欲断，一树碧无情"（《蝉》），真是诗，可是太诗味了。"白云千载空悠悠""芳洲之树何青青"，似散文而是诗，是健全的诗。

苦水先生，心、眼，亮而独到，解语分明，让人有欲入之感。复摘几句：汉魏五言，曹公、陶公两人了不起。唐人五言虽新鲜而不及汉魏好，盖好坏不在新旧。如宋人诗比唐人新鲜，不见得比唐人好。至七言诗则不论古体、近体，唐人皆有独到之处，盖汉魏时七言尚未成立，且七言字数自少而多，亦易见佳。

撼零

作句，我同意写啥是啥，只要有意义。费半天写来，凑多，又有何取。内心要有，即景而吟，没有酝酿，就没有蕴藉。所以要沉淀。所谓胸有成竹，由来已久。闭门觅句其实是哄人的（空乏其心，亦无所觅之）。凡所有得，必自实践功夫，这样有觉。借别人的总没有觉，写来也不是自己。

撼零

"闲时置下忙时用"，此酝酿之径。对"巧迟不如拙速"，取其一先拙速写其轮廓，传其神韵。二在求巧，在我认为这是平常炼字炼句练意等顺其自然之功夫，不可强求。拙速（或者即景）也要酝酿蕴藉功夫。作句，真切重要，这是感觉之能，失去真切，就无所取。

撼零

我们回味，就有酝酿的过程，就有潜在的沉淀。有时连自己也不自觉，便将某种心理或者某种意识存在了。所以语言本身就有，只是载于人的心里（意识），成为水样东西，自经开口，就自然泄出（习惯）。说诗的人太多了，该听谁的，到最后无得而不懂。现在人说诗烦琐，大多前人讲过（也没前人讲的好），听来人云亦云，去诗更远。"诗起于沉静中回味得来的情绪"，只要保持这种情绪，让其发酵，就是酝酿回味，就会有诗。

夜读五更有吟

句当锤炼老应春，不苟夷犹雨夜勤。
韵致修来风曼舞，竿斜瘦影却直身。

秋夜

一盘月色碧池生，趣写氤氲水露明。
但有蛙鸣逢主场，蛐蛐也唱自由风。

书山

不尽青春不尽风，莫辞秋水又空明。
盈心漫道书山路，再假传学使劲登。

心月

岁有余田少事耕，退门怡目不足行。
且安心性尊独处，养就一团水上明。

书韵

懒短勤长事倍功，只心流过水犹清。
无间境界痴无滞，夔写沧桑爱放翁。

读李贺句戏作

风扯西寒秋气沧，画弦交响枕黄粱。
谙裁影幻惊狸鬼，不起凌波已入窗。

口占一章

凝声去境写时怜，绿透秋妍敛桂闲。
纵目深穹淹四海，江湖不远世身缠。

秋雨夜杂句

不使珷玞（wǔ fū）连土没，仍残老骈向苍苍。
真能破此哀鸣句，便是梅花一段香。

撦零

诗之幻想与实际生活有搭才能不浮，再而有力，才好。思想、感情须是自己的，不能没有此经验。凡写太客观，虽然读来也觉新鲜，再读三读，无味矣！何？客观过于，情不入也。有情，才真切，才能感动人。

撦零

当你写诗，有一股郁勃之气涌激胸中，不去而言，荡荡肠回，句落，复读，甚心，此大致有力。有力，就有气，但有气不一定有力，此气衰，当身体得病时，常有有气无力之感，于诗，诚能咸通。

撦零

每有胸中郁勃而诗，不是说不能沉静，此不悖而并行。有情于心而涌，亦能压住，才能入而出之，使笔思辞藻意流，不致混沌不清。皆知写诗须静，静而有动，动而有境，境而有思，思而能觉，觉而有情，大致诗出矣！

撦零

顾随先生说李贺诗，记得有一节末段，总结性大意：长吉诗幻想外而还有一特点，修辞功夫，晦涩。晦者不好懂，涩者不好念，但说长吉诗可读，可为菜，不常吃，偶尔可用。说晦可医浅薄，说涩可医油滑。故李贺诗，进可战，退可守，绝不至于腐败油滑。吾甚从之。但我觉得，在当代已成末路，可借鉴，不可学也。因为时代不同了，语言环境破坏得厉害，能在小境中努力生活而有精神，有自己，有自己生活的方式，学习的爱好，能抵挡住破坏自己身心的外来的压力，就不错了。

闲读有句

书读郁郁爱成媒，装点白云有翠微。

且忆昔人琴瑟处，但随流水送斜晖。

撷零

　　作诗，不外乎，诗要文而不粗，用心吟自己生命之感发，吟心要像水一样，随形就附，不滞着而有灵性如水之活，更要有想象，如云山雾罩，充满氤氲之象，此其不死之心。人生是做出来的，不是吟出来的。至于诗法，无所取，能吟出心境之意义，觉之言外之切要，充盈其情而气贯，斯可立。

　　先有诗，而后有诗法。故，可理法而不可纯依法，未有诗法而有诗，复有好诗，故诗法服务于诗，不可固囿于诗；若讲诗法，用诗法以作诗说诗套诗，莫若无诗法，于古无诗法亦能有好句得之，今人必当明白。

养心

半养诗情半养壶，甘同味趣并吾庐。

得心涵性归心爱，漫撒云山忘我抒。

感孟东野而作早韵一章

句里人生苦涩身，忧时感世总因真。

别寻故楚听湘水，烂漫激吟落不群。

无题

不古之心散若沙，微尘落句笔无华。

自觉风骨鸿毛乱，便有担当感肃杀。

收假第一个周末

　　得闲应有时，不过一壶茶。周末无心之夜，更多自然。饭后，置两壶，方璇与曲壶，慢斟山水，别无其他。

　　　　方璇雾绕曲壶萦，水满山春月不同。
　　　　坐爱茶闲流碧玉，闲抛夜籁向秋声。

山行

　　　　秋风銮马万山鸣，会与云闲荦确行。
　　　　慢转高情闻瀑近，心无指令数峰青。

山中

　　　　眼中山果望秋兴，沓嶂烟云九月红。
　　　　但抵深林人不见，时闻谷响奏空灵。

走山

　　　　树树秋风叶叶声，青峰竿入九霄空。
　　　　烟云漫路泉林古，好掷轻灵脚底生。

山中

　　　　远去春风秋不惊，枫红路上故人情。
　　　　慢携寒梦行云水，坐静山石待月升。

杂句

　　　　多少身忙不与功，久经风雨瘦人行。
　　　　盘得笔力无心刺，空养拙心误性灵。

无题

　　　　云山好梦辋川风，淡作高弦寂寞同。
　　　　取赏寻常应自许，爱临禅意化无形。

无题

寻常细律管幽清，自视年高减去声。
夜坐围城书四壁，莫寻身外雨霖铃。

感孟东野赋之

怀情愁底世身真，浪笔殷殷赋子根。
在路一桥通万里，何人挤破苦诗襟。

闲兴

人事风张鬓已白，不得红蓼小时怀。
吟讴去日青春短，回首无由寂寞来。

闲话撷零

　　作诗，唯心之觉之真，觉之微，才能在真实当中展现出来。最重要言外有绕梁之绪。能有精神，自然见骨。能有思想，自然成章。能有氤氲，自有想象。能觉情厚，自觉真切。诗社老师，各有所长，也都有潜力。谁能沉下心，不唯名利心，就可以。能破名利心，即可。当今的浮躁，也一直充斥着诗词圈，非常严重。名利心不能没有（人是因为有欲望才前进的），要自然。名是大家社会认可给的，自己不能多想。只有把道理弄清了，知道本末了，就可以。作诗要有实践功夫，所以作诗、做人互为表里，互为参悟，非常重要。所有心得、吟讴，其实都是心之所识所悟，以想象力的丰富展现出来。社团都是为大家为社会的，本身就是公益性质。君之到来，也为诗社增光添彩！

晨句（古风）

秋年盛不衰，叹少古人怀。
对坐浮云讶，目逐诗盂台。
好诗肝胆豁，恶句秀词栽。
不见直中气，犹合岁岁霾。

归心

本无晨句刺浮云，目遇诗囚笃意真。
婉惬修辞亲五柳，多言到底散中心。

今收到福兴堂王董事长夫妇茯茶，因无礼回，戏句一章

不收月饼只收茶，祝尔福兴岁岁发。
欲戏中秋添快慰，邀君赏月赠诗花。

想月

夜池无月月心愁，问月谁遮皎皎眸。
假日读您伤感绪，阴阴不去雨中秋。

中秋凌晨

中秋慢写月激情，一饼山春抱草风。
坐飨凌晨交响乐，轻斟好句送书声。

己亥中秋

告白笺上雨参差，叶挂霖铃露坠思。
借笔徘徊心满月，风随大雁下南枝。

自照

动心之句莫惊魂，入世沉浮向月吟。
不醉风华三径走，菊香一把做微尘。

撦零

诗是时代的，取法以古，却不落其时，必有自新之讴。如当代无人会浪漫放怀若诗仙，只有敛怀低就而开襟，才不致空心，此接气宇蹬地而升，方有精神日作。但如李白，己不笑，便遗笑大众。便是无笑，也落窠臼，似赝品而无趣。苦吟必有闲，古能其可。而今人若就，非精神有病，就是空掷人生。诗出性命，以情志见长，不得而生。作诗，凡景能照其情，能观其心，此浑然一体，应存涵养，可以。今时，人若平实，与时俱进。诗自平实处见精神，自精神处泄飞虹，可与日月同酬。比兴但起，想象飞来，如画眼前，句大致可读。赋笔无感，落入清水如流，此犹无唱叹回环，遂败。故，赋笔难作，概括经纶，不一而论。

晨读《古诗十九首与乐府诗选评》

开襟展卷雨中浓，窃取盈盈百草风。
坐对贤人如美饮，长吟点亮古诗灯。

霁而复雨晨吟

幽篁新雨翠，红缀绿繁深。
望远天一色，与君云外陈。

坐雨

消心心浅浅，坐雨雨绵绵。
转意随秋草，非嗟凋谢寒。

和赵俊瑞老师杂咏一首

下有浮云上有天，高楼杂咏使风寒。
萧疏雨雪增菊劲，入眼霜枝抱守残。

茶韵

闲敲韵律去繁华，坐饮清愁许是家。

月起风竹心不静，忧思摇曳影肃杀。

周三夜亥时中

清词也写忧心曲，寂寞藏得四壁书。

但有琴埙幽远境，漫听无悔念如如。

注：无悔，琴埙合奏曲——《无悔》。

赞青春诗社诸君

一束寒梅一束霞，青春傲放劲幽发。

待得白雪随风舞，更看骚人笔上花。

冀望

谁传稚子赞梅花，但赏吟讴莫要夸。

只盼诗心从小立，爱读佳句感生发。

摭零

　　不赞成歌时代而无抒情主体，诗之情首先是自己的，忘却了抒情，再好的讴歌时代，都是徒劳。正确理解白居易给诗的定义"诗者，根情、苗言、华声、实义"中的"根情"。霍松林老师的《"根情、苗言、华声、实义"——一个现实主义的诗歌定义》一文中说："白居易所说的根情的情指的是系于政的民情，从这样的情根上结出风雅比兴之实，也是自明道理。"因而白居易认为诗歌主要应该传达的是物情而不是诗人的一己之情，而李白恰恰是以抒发个人情怀为主，对此孟郊则认为应该把抒情主体的内心生活及客观存在的特殊细节都统摄于情感和精神的形式中，即"要表现的不是事物的实在面貌，而是事物的实际情况对主体心情的影响，即内心的经历和对所关照的内心活动的感想"。但这

68

也让孟郊走向了另一个极端，"一吟悲一事"。这都取决于抒情主体思想、情感的认识、觉悟之高下（崇高与低下）。

题《千首清人绝句校注》卷首

风栖千树静，月隐岭头松。
何处堪歇脚，唯亲洗性灵。

摭零

读孟郊诗，能观其精神之真挚和独立不移之品质："愿存坚贞节，勿为霜霰欺。""何以保贞坚，赠君青松色。""镜破不改光，兰死不改香。""我有出俗韵，劳君疾恶肠。知音既已矣，微言谁能彰。""万俗皆走圆，一身犹学方。""高歌摇春风，醉舞摧花枝。""愿保金石志，无令有夺移。"这些都是孟郊人格于艺术的反映。孟郊取"直"去"曲"是指对情感抒发态度而言，不是他对艺术表现手法的要求。在抒情态度，孟郊强调"朗言无隐"，在表现技巧力求"曲达幽微"。

杂咏

山头一个复一个，只欲竹林一片清。
寂寞独吟谁可与，徘徊不去九秋风。

杂感

去名追远戒俗声，放眼天空笔若鹰。
大浪淘沙文脉在，长风万里月弯弓。

无题

一叶红枫谢九秋，为心种上小清愁。
夜来牙月云山挂，慢起琴箫放水舟。

品茶

壶中洗月绿如春，好泡清光慢赏君。
但点三秋流碧玉，一杯透亮化云襟。

秋象

一半霜秋一半心，秋天翻到叶飞身。
萧条不敛衰杀象，尽显元神郁郁魂。

答友

我自读书我自吟，无心再落凤凰群。
人生不类围炉夜，老爱江湖住野村。

三更

不作平章不费神，寻心远踏岭头春。
但堪辛苦身犹力，只想梅花对雪吟。

三更至

尚闲来夜坐读书，趣在禅风爱晚竹。
入句空山人不见，吾心返照鹿砦出。

晨韵草章

秋阴不辞早，草露下荒郊。
步起微风树，书读大气潮。
无人园静静，远际雾飘飘。
每日身如是，夕归夜寂寥。

琴韵即草一章

弦轻风远淡，逸响水流禅。

抱素三山缈，开襟一叶闲。

涤身入云海，著景坐幽兰。

漫我魂飞梦，消得烟雨眠。

咸阳秋夜写意

一袭晚籁九重纱，点缀繁灯复几匝。

但爱通衢车影闪，长河架起满天霞。

无题

一架诗山几度朝，却闻寒骨唱凌霄。

莫辞仙圣寻行迹，垒起文章是寂寥。

听琴

琴流水韵向云山，莫问飞弦坐雨轩。

素指挥来天海动，小舟独钓五湖前。

寄妙觉

无涯遣兴妙觉风，好个灵台撞夜钟。

漫顾回头张望处，尔门关处相空空。

闲吟

高云远际闲，野岭画蜿蜒。

纵眼心飞境，苍茫写在天。

寄妙觉

千里神交美自由，迎得俊朗染枫秋。

夜来一宿文章雨，可与琴箫寄远舟。

71

寄妙觉

匆匆相见又相别，淡淡菊香送妙觉。

远去琴箫烟袅袅，修得静虑颂无邪。

注：无邪，出自《诗》三百，一言以蔽之，曰：思无邪。

清晨

一踏清晨入世门，揭开万象动微身。

南来北往东西影，画下新兴市井春。

闲兴

是非不过眼中空，渭水长流代不同。

莫看人间长与短，犹存寂寞向孤鸿。

无题

不言清苦不言春，已到秋残落叶身。

每染枫红回首看，天涯一梦是孤村。

深秋

荡开襟袍任风扬，一地残秋始著荒。

人世经年骋四季，轮回本是最平常。

听筝

父亲才大母英明，更赏今夕妙古筝。

咏叹高天知厚土，曲流长恨女儿情。

按：弹筝者，陈琳。其母刘乃琪（与我同学），其父陈天民，工书擅文，名甲一方。

咏怀

一路蛮荒一路吟，沧海独舟寂寞邻。
夜览桑田秋梦语，千年到此觅知音。

夜读

曲身犹冷孟郊寒，赠炭催书赶走眠。
穿越千年觉瘦骨，生涯苦诣句新鲜。

己亥十月一日夜

玉阶寒露带潮弦，月下东山小路偏。
不赏秋菊心远去，干思与尔那些年。

己亥十月一日夜

未寄寒衣尔可嫌？欲别清泪泪先弹。
相逢若问谁惆怅？只假相思坐夜阑。

杂感

物华难富眼中贫，遂借一盘饲钉吟。
驾雾何知心似镜，浮云岂忘艳如春。
人间每看东流水，事里犹闻叶谢金。
但尚他池翻作笔，读来不过梦欣欣。

早晨

不是东篱不是农，市中一角课清声。
闲晨在卷无茶事，慢卧蝉音入响桐。

漫兴

乱草飞云不掩身，时间慢闭九秋门。
夜来冬履蛰伏句，可等十年待好春。

73

星期六早晨

老来无待又何如，晓赏文章浅浅读。
慢入时间心被染，一池平镜影流出。

读《雨夜短文》

目过行间字入心，流出念念是灵魂。
徐徐不落临其境，好与佳人一个身。

无题

不意文章不意身，行行却见自由林。
寻常越过长河日，雨夜冲杯大隐心。

无题

那时归去不折腰，尽是经年课业教。
夏抱长饥躬未替，艰辛苦爱做蓬蒿。

无题

柳丝摇曳总如身，不管冬寒与暖春。
偶遇狂飙犹劲舞，却依柔韧客纶巾。

【双调·一锭银】闲题

漫步书林雨夜文，卖给良辰。人间世、悠然隐遁，境许山春。

【双调·一锭银】无题

境转流年不胜尘，淡许斯文。去俗吟、书山一任，寂寞如春。

【双调·一锭银】闲吟

不视风寒客柳春，摇曳如吟。惯闲读、一杯茶韵，到夜深深。

【双调·一锭银】听琴

子夜七弦落雪音，扫净书门。念梅花、风含春信，许给初心。

【双调·一锭银】无题

弹破红尘一世寻，道理天真。春秋复、读书始信，寂寞深深。

夜读《雨夜短文》

一怀内敛付寒杀，两页神交寄热茶。
尽道时年麻木客，感吟秋雨洗浮华。

杂吟

自行流放感飘蓬，处处繁华误眼明。
半世无羁逐远淡，斯文寂寞雨中风。

听箫

箫声如诉月如弓，露满空明婉转同。
坐泡茶禅消此曲，闲中不掷柳青青。

听琴

孤清在夜露寒明，本色开花寂寞红。
但客钟声闻古刹，如来也许正聆听。

杂感

文章三两看谁评，名者一群捧好声。
会意今时诗海路，几乎身份是东风。

无题

可笑诗田老外多，拾来几句亦评说。
说新不过旧人句，套话一篇费口舌。

买书随题

一种心春故纸中，三番次第买朦胧。
无间夜对长如此，不客繁华慕子陵。

无题

自垒心垣冷眼窗，别开世界任汪洋。
伫窥前路回头看，挂角汉书羁旅长。

无题

闲书冷雨对寒林，解味菸黄瑟瑟吟。
淡看寻常思买句，为谁伫立到如今。

无题

菸黄入句若枯禅，尽是飘零雨打寒。
不弃搜吟翻冷意，朦胧洗笔又一年。

无题

不关风月只关闲，愿把霜华种在田。
笔客三冬寒淬骨，梅香一纸吊孤山。

题秦岭初雪

一寸灯明付眼春，八方夜籁吐星云。
借裁山径描飞雪，试作梅花向野村。

题秦岭初雪

飞雪千山梦，飘飘舞太清。
开怀谁买意，不醉亦随风。

无题

无花无月有风尘，假济三千塑个真。
入纸寻寻一曲梦，端得际遇掩浮身。

无题

不道谋虚莫逐妄，徘徊日减感非常。
年来破笔焚经历，只舀心闲作故乡。

无题

笔旅夜之疆，诗烟梦里肠。
无言心去住，落落满皮囊。

无题

黑纱爱夜境无涯，可著文章寂寞茶。
漫顾闲集多冷淡，再读穷路送薛华。

无题

笔敲心路夜长流，万木萧萧化骨柔。
试著孤清闻客旅，围城寂寞不栖愁。

无题

年华落泪只燃秋，满笔枫红可否愁。
感世吟讴心敬爱，无涯最想永恒舟。

己亥十一月初十

从不惊猜楼外喧，淡随人境抱粗茶。
无常复返投心旅，好坐十年五柳家。

夜茶

半壶残月五十年，好画长天再画圆。

减去经年书寂寞，唯留境界几分寒。

无题

心似横舟身若岸，不依文字入童年。

桑田已变灵台在，性落无常见苦禅。

己亥十一月十七

水样流禅困就眠，等闲高枕悟平凡。

觉成一统无别梦，昨夜书山又见圆。

撼零

诗能恬淡，不唯性情，若唯恬淡而恬淡，必不通世故。人未有不经历而去铅华，诗能恬淡，自有一番风雨，将心识而破挂碍，融于天地，一茶一书，等闲对之，禅也，诗也。

题《米脂婆姨》

与谁私语话三更？且挂苍冥点个灯。

漫睹巾帼出乱世，硝烟四起半轮清。

四更

磨平岁月剩乖张，寂寞聊能作故乡。

觅句梅花听冷落，凭寒淬炼故人肠。

五更

三尺悠闲万籁空，半壶明月挂隆冬。

复得周末消长夜，暖语一杯尽朔风。

无题

岁寒摇柳化诗风，一起烟尘万虑轻。
偶感苍茫吟块垒，原来我爱逆舟行。

无题

废墟高垒夜悄悄，觅伫家门是梦遥。
对景一弯勾旧岁，寒烟不去故乡宵。

腊月初六夜

机锋去处夜何长，月挂新弯入笔霜。
漫觅心弦拨往事，八方寂寞动清光。

拟柳枝词

年年渭柳曳春潮，却忆行人旧板桥。
化笔如诗留梦里，美人一曲柳千条。

蓬庐诗钞三

元旦
青春带响柳先扬，一树梅花翰墨芳。
冷艳丹心书锦字，迎来岁旦第一章。

四更
散心无意理荒襟，六载诗魂度此身。
暗趁一条书海路，独行脚下到新春。

题句
东风未柳韵先行，莫废江湖朗月星。
待赏梅花诗万首，也擎山月幸坡公。

无题
何处蒹葭与柳扬，年来几度踏苍茫。
东西南北无人境，流水斯文夜正长。

除夕
春台一望到除夕，旧梦新词尚可期。
户户贴联迎子鼠，举头梅讯鸟双栖。

庚子春日避疫深居
谢却人间万事休，满城幽闭俱宅楼。
暗嗟天上九头鸟，从此逢春向楚秋。

闲中好·庚子疫

新年好，无奈举国瘟。睡起翻心涌，清寥无此今。

庆宣和·奥体中心春夜

灯映湖光潋滟清。塔炬云中，老树虬枝站如松。寂静，寂静。

荷叶杯·奥体中心

寂寞鸟巢清冷，霓影，洒郪光。拱桥飞彩玉人倩。风渐，夜如裳。

注：此调凡三换韵。

南歌子·春怅

忧笔添谁恨，忧肠问断肠。花开不语满庭芳。寂寞月明闲立，是梅香。

几度云山水，竹修夜影长。春来无句挂书房。非懒横斜深浅，旧文章。

梧桐影·宅居

无月明，平添怅。今夜问竹非等闲，萧萧路上和谁讲？

花非花·春绪

心非心，梦非梦。日夜宅，风无静。羲和忽落月弯弓，欲把清闲茶已冷。

法驾导引·春疫

春来疫，春来疫，何必讨东君。灯挂九州红宇内，却无新岁坐祥云。回望去年人。

初五夜与惟觉和尚吃茶

随缘破五俗，论道泡一壶。
不语三山月，唯闻渭水哭。

无题

何怜挂碍向东南，户户宅居过此年。
众意齐心若高照，如溪会海度攸关。

摭零

文华含蓄，乃为氤氲不灭之象。特别是诗词曲，尤是。诗，
自是不怠，静里含蓄，力中不尽；词，幽微要缈以情，阔拔不羁
以气；曲，露而多近俚语，至文人曲，实与词相去不远。概之三
者，近之世，多陈其大概，辨其理解，不以己之身心感发，而由
外及心，是无真觉，只唯观感，故陋。

渭水春曲

湖面寒烟万顷鳞，静听芦苇眼出尘。
但裁时景寻归鸟，只有孤云钓此春。

读皮日休《春夕酒醒》

无弦有句醉蛮奴，半养春夕半养吾。
蜡泪流红一夜短，眼前浮现海珊瑚。

注：皮日休原句："四弦才罢醉蛮奴，醽醁余香在翠炉。夜半醒来红蜡短，
一枝寒泪作珊瑚。"

晴偏好·正月初九

春来初九春别样。春晴又照春一晌。瘟犹荡。青山杳杳人间怅。

寿阳曲·正月初九夜

南山水，北莽风。寂寥寥，柳烟堤静。蒹葭漫摇明月影。灯笼打破新春梦。

寄贺道长

小种心词寂寞弦，一弦一柱乃前缘。

逢竹过殿神仙引，话蕙言梅翰墨传。

但信江山归本色，犹回大道入乾元。

相怜雅韵玄门坐，别后沉吟非等闲。

友赠板桥于乾隆甲戌重九日画之《竹石图并题》拓印版，不吝酝酿，盛喜流观即题三章以记

一

仰看竹石复看书，满身清骨自流出。

慢叩清风犹目醉，从今日日作卿奴。

二

一身清瘦骨无贫，错落人间尚有君。

但去红尘无限梦，流连志趣剩诗文。

三

青山不卖竟何身，笔下文章与尔亲。

爱傍清风临月影，无须媚世近俗人。

题调绘混方壶

风吹芦苇水茫茫，一片闲云下九江。

坐敛清风与明月，独酌渔火落诗囊。

正月十二卯时

夜长无梦梦何方，笔上游丝万尺长。
可待春风杨柳动，先宅小室抱书香。

无题

梦浮深晓夜劬劳，醒后白云岭上飘。
漫唱唐诗闻细韵，春风挂在柳丝绦。

宅心

夜伏明月昼伏春，掩境三回到此真。
偶看人间声躁躁，闭门深锁见诗心。

书斋

年深不掩老花红，挂在厅堂雪满松。
袅袅炉烟皆故事，寒灯写尽帝城钟。

心绪

市井幽清万铺关，梦回春夜雨丝寒。
身闲慢上书山顶，俯瞰余心问枉然。

抗疫宅居

风斟水月镜孤寒，向楚云天鬼路烟。
夜夜一重弥魍魉，教人子卯未轻眠。

泪河

去者去兮忧者忧，魂飞路上泪浮舟。
阴云送客阴风起，桥上哭声幽咽流。

撷零

诗，易学而难工。此千百人一例，无捷径，有别才，但非以成之。诗外之意，非学以养，不能厚之。学，不单以诗词曲，应广博深游，交集归心，此乃一学一养，因学而养，因思而觉悟，循环如此，功夫也，沉淀也。学，乃生；不学，即死。此犹性灵如泉，用则活泛，不用自然。

偶作

流霞好饮太白琴，草圣何尝不擅吟。

少取刘伶一点醉，便知陶令在山村。

归自谣·庚子疫春

春落落，萧瑟千门连九陌，静来如谒三更客。

柳丝寂寂风不破，愁眉锁，谁听杜宇穿肠过。

饮马歌·春夜

春来春可晓，皓月栖谁脚？柳垂篱边草，水流云间渺。是风吹，哪故人，只影今夕鸟。梦中好。

昭君怨·即事

春草一别又到，只是人间疫闹。望远满城萧，更清寥。

秩序依然好好，却按几重浮躁。尚傍小词巢，谱三遭。

夕拾

诗好，看谁说，还要看谁说的好。便能使学诗爱诗者更多。曲也一样。如顾随先生说："三百篇、唐诗虽好，而距近太远，又加以文字障碍，读之遂如隔靴搔痒，虽是痒处，究隔一层。如《诗》：心之忧矣，如匪浣衣。又如杜诗：忧端齐终南，澒洞不可掇。曲则文字障碍少，可直接不隔，达到文学核心。如马致远的《端正好》：淋漓襟袖啼红泪，比司马青衫更湿。伯劳东去燕西飞，未登程先问归期。虽然眼底人千里，且尽生前酒一杯。未饮心先醉，眼中流血，心内成灰。去隔，与老杜诗一样好。"乍一看，便晓得几分，不读才怪了。学，后来也。

饮马歌·疫春蛰居

一别春草绿，去岁春风雨。月华明残忆，故人萧中曲。梦魂蹼，柳眼迷，几度芙蕖里。觅非觅。

望江怨·疫春

东风梦，断续无停梦中梦。江城非寂静，九州一片江城症。疫情猛，户户闭门听，泪英雄用命。

感恩多·庚子春

梦长非愿醒。愁赖花间种。绪飞桃李红。影重重。
水上云门几轮月，泪盈盈。泪盈盈，纵有无求，在心流向东。

黎明

影飞愁迹暗沉天，一种忧伤不可残。
一阵轻来一阵重，如何忍耐莫堪言。

网上夜半买书

熟知夜静秒针匀，万事何如网上春。
自检流年逢雅聚，归时恳请赴吾门。

读诗

春闲莫远杜门深，老病孤飘万里云。
愁看长安直向北，舟中强饮到如今。

念顾随先生

凡人不晓倦驼庵，每可长吟上九天。
月照长安遮不住，一怀苦水漫春山。

记顾随先生《飞将军》一剧

见说生死寻常事，可断头颅死不辞。
但使身先扫胡马，月明沙场纵英姿。

记顾随先生在沦陷区授"唐宋诗"课

漫从情志越灵台，乱世忧焚比岁怀。
仗笔诗词教课业，耐他风雪看春来。

1942年冬顾随先生上课的教室外朔风如哨室内亦相差无几仍庄重不苟讲授"唐宋诗"

当时隐语只双关，抱病同学忘我然。
教室冬来风怒吼，课温炉火见驼庵。

念顾随先生传学

上堂传法妙绝绝，立此风天肺腑切。
最是无双惊泣鬼，掀开鲁钝见词觚。

杏花天·柳岸微雨

晓风吹绿杨柳岸。雨细细、水天一线。伞中望见低飞燕。青草露明挂眼。

云杳杳、苇传慢管。对此景、愁多花染。奈他浩渺传幽远。多少落红眷恋。

88

读完顾之京著《我的父亲顾随》即题

烟霞复照永恒存，高古一怀铸此身。
漫话机锋三尺案，留得典论启诗襟。

采桑子·春

思如逝水心如炬，又到春归。又到春归。陌上花开燕子飞。
草别枯萎风纤细，翠染芳菲。翠染芳菲。岁月而今鬓上衰。

深居

年高唯好静，市井傍孤清。
夜坐凡心浅，茶斟皓月明。
温书娱自乐，赋句爱陶风。
漫顾三春妙，无言大化中。

走夜

十里长堤起晚风，一闲一静步清宁。
千灯照亮春光美，入眼梨花作画屏。

春柳

天高一树晴，翠浅挂柔滢。
倚水兴春步，来裁二月风。

杂句

艰难世路几多求，尚有知足懂自由。
累卸纷繁归寂静，书山月照取孤舟。

杂咏

损却男儿万古刀，被谁来役画心牢。
照得明镜无边怅，耻把文章莫自雕。

集玉溪生句

几时心绪浑无事，濩（huò）落生涯独酒知。

莫向樽前奏《花落》，雪中梅下与谁期。

注：平水韵。

闲题

竹石入画眼徘徊，寄语清风韵自来。

漫赏当题何境界，唯心一静莫别裁。

无题

年来不若花和草，力济精神却总贫。

入世无求身有限，全凭夜籁作知音。

友赠龙泉宝剑一占

楼台夜小灯方亮，话外江湖赠雪霜。

慢顾龙渊风雨起，重回故事费平章。

哭表侄

恨杀人世不留身，囷顾青春已梦魂。

夜送无常伤泪眼。天涯从此是前尘。

初夏

临窗坐雨声，静籁久徒听。

不自觉初夏，通幽引碧藤。

凉风摇万籁，远树锁丹青。

漫笔集闲韵，含烟覆四穹。

夜读

幕挂凉风万点灯，鸦青染韵夜初平。
闲读只药精神苦，但远繁华客自清。

自题

半世寻吾不见吾，经年苦累夜闲读。
相别不过才一晌，爱到题诗泪眼出。

浮生

若水经年奔不停，忙生不便付心灵。
晚来方枕楼头月，闲敲一我二更钟。

赋庚子春

春风一岁只关情，李谢桃飞也自惊。
坐闭深门千万户，犹为大爱写封城。

周六清晨

花落年光水，云出仙子门。
和风摇露眼，蔓草绕篱身。

无题

凡心会静心，下笔半湖郏。
看月摇虚影，清廖是我身。

乡心

悠悠明月照，坐夜数繁星。
漫忆乡间路，常锄垄上风。

无题

西山抱日眠，北莽向长安。
挂起咸阳月，轻吟行路难。

黄昏

夕阳尽落锁青苍，流水时间枕晚凉。
但爱黄昏闲自课，还凭好句送幽篁。

夏夜

风穿绿叶起林声，浩渺一张墨海灯。
不想天公挥巨笔，丹青总是腹中成。

归来

夕阳落晚炊，素抱复心归。
闰夏阴阴木，长天漠漠垂。
吟闲去乏力，卧静养葳蕤。
饭后清茗淡，读诗叹式微。

闲咏

半世良得寂寂读，劳身之外草一株。
无为久住青山绿，市井人山任眼疏。

六一儿童节

花开少小总来温，捏就泥人上树频。
黄犬一同疯野外，村边柴垛亦藏身。

写好诗难

书生意气笔头功，纵阅诗唐代不同。
但就精神持苦力，何辞坎坷度清平。
无名天地德长载，有道风云世久经。
濩落一时非造化，好诗难写路难行。

闲得

流水无声地势平，好凭书住故人情。
人间一等休闲事，也赖吃茶赏墨风。

无题

轻翻岁月渐从容，福祸相依已不惊。
淡水沏茶消静虑，痴书望月洗心明。
禅风偶自幽篁馆，赋句常回午夜钟。
寂寞深深深寂寞，三余不弃坐围城。

雨夜

烟村场里儿时影，不舍肝肠那段情。
每过心头老槐树，只留烟火旧年经。
秋千荡起东君趣，鞭炮鸣得正月红。
一岁一年忽到此，闲听夜雨几回浓。

闲得并寄惟觉和尚

风静一林雨点浓，依得况味甚堪情。
身闲不道寻常日，只赋清凉古寺钟。

晓读

连宵夜雨不知停，万点敲来任此穷。
更赖流光深闭户，只将开卷送黎明。

闲咏

春风一季晓，万木止蓬蒿。
代谢元无欲，生发本有操。
听心陶令近，染笔世身遥。
所赖文章养，襟开共寂寥。

端阳杂咏

年华若草渐秋衰，可抱一怀寂寞才。
漫赋端阳说九死，文章堆里古苍苔。

闲题

岁借闲人眼，境开方外禅。
临几坐清影，爱静点香盘。
底事消茶语，因诗挂月帘。
踟蹰几回醉，笔下意难诠。

书斋

非名五柳宅，不过弄闲哉。
过客轻惆怅，读书贵忘怀。
新茶邀友品，旧梦味其苔。
所患痴书病，如何砚底裁。

杂咏

攘攘一尘网，悠悠月照常。
经年深浅复，未忘傍菊香。

夜

自与心独处，安然物外闲。
白云山枕上，借月挂中天。

乡音

去日村还在，堪悲梦后空。
流年藏故土，往事化墟形。
每忆乡根茂，尝铺北斗明。
逢得数星夜，四野醉蛙蝐。

杂咏

生涯拙未老，笔下野荒荆。
世弃随风雨，身经爱壁松。
如溪山作抱，展卷水流情。
物理忽一掷，梅开雪上红。

夜读梅诗即题

花开一岁妍，与雪缀新篇。
试请孤山客，来吟林下禅。
折枝醉杯酒，问月赋诗笺。
爱此幽香影，还痴瘦骨寒。

无题

粗茶三泡夜闲消，过滤心情起洞箫。
漫坐时间一曲尽，苍凉到此赋琴操。

杂咏

一隅陌地客生涯，两鬓霜丝赋落花。
夜著茶禅纳凉雨，书读人事历萧杀。
茫茫不去空空相，淡淡犹归渺渺槎。
万世何悲思代谢，诗心隐却叹袈裟。

鹊桥仙·赋七夕

星河故事，人间好梦，烟火一如双宿。长栖白发柳青青，日复日、相携慢顾。

春风一缕，秋雨几度，淡淡走来朝暮。回头弱语话七夕，鹊桥在、情长念筑。

即作

一世痴书梦简单，耽吟境界赋平凡。
纵因忙碌无寻处，就假中宵坐夜阑。

祈愿父母早日康复

纤愁一梦夜沉沉，烟火相因宿命身。
忍看鬓年回首泪，教人苦耐抱忧焚。

无题

闭门尝作深山语，非靠辋川画里禅。
返遁诗庐草堂近，犹疑落月照谪仙。

闲兴

送别曾赋好诗多，梦里谁堪阆水歌。
自古诗情大唐笔，分得赵宋几婆娑。

庚子六月十六夜

一杯往事浓，且化故人情。
对月心如洗，吃茶意自生。
怜香烟袅袅，向远水盈盈。
抱此闲闲夜，独得蕙莒风。

书句

落日书残照，五湖心底秋。

南山浮远影，秦树立暇愁。

忘世一方水，怡情几叶舟。

连天云缈缈，月起挂东楼。

庚子六月十九午后

茗出云雾山，水里绿峰悬。

暂许白云道，聊书深柳颜。

读幽闲日好，坐久故人欢。

偶尔偷一晌，兰香赋满笺。

祝贺张勃兴老先生九十大寿

庙堂高挂青云笔，在野吟哦莅苒天。

引领诗坛继唐宋，袁集粮草坐长安。

漫说今日三秦客，回想当年星火原。

但假生辰出肺腑，一番气象满松山。

解闷

游丝百丈风千里，我自飘零向九天。

莫负烟波书钓客，时光走累坐云帆。

闲兴

夕阳河畔柳千条，曾照西山野岭烧。

莫要低徊寻旧径，一川渭水正惊涛。

汇通面

可比山珍好手工，农家汤味属关中。

夜来聊慰山人腹，尽是田园小院风。

五更雨

秋雨新凉暑气消，那般敲打这般撩。
浑然碎破书人梦，好与鸡鸣砚底抛。

书斋

当帘夜雨挂秋凉，密鼓频频不断章。
莫怕雕虫无好句，诗心瘦向阆仙肠。
　注：阆仙，即唐朝诗人贾岛，字阆仙。

自题

小径蜿蜒独个游，花开愁喜复春秋。
只当劳苦成一梦，深向书山寂寞修。

雨夜

天霖漫漫正挟秋，比岁难行舛逆舟。
世界纷纷杂病相，灾情累累启人愁。
微身一卷闲思虑，大厦千层有隐忧。
慢坦深宵何不寐，心随夜雨挂簷流。

闲题

百年书海小舟横，万古长青峭壁松。
最爱青灯一古卷，漫将明月抱怀中。

杂咏

秋水萦佳句，白驹又几轮。
深潭浮月影，老树挂诗襟。
莫起樽前怅，还寻故里亲。
盈怀多少事，都是老悲辛。

夜读

今夜灯前无限意，明朝梦里是书声。
人师解就诗心苦，一字破开身外空。

题句

诗扶人老浪奔腾，冲过险滩势自平。
放眼东流多少事，皆归大海渺茫中。

自题

生活浅浅路深辙，耗费青丝傍五车。
自捡秋风吹遍雨，原来明月在心河。

无题

秋日秋霖动九州，东西南北大河收。
新词斟就长街雨，碎事堆成短信流。
赶上时间忙镇日，得来夜色系孤舟。
无眠卧看高歌泪，多少好诗忘我忧。

桂花

一树馨香月上开，闻香却在梦中来。
年年不醒年年是，赏尽孤芳寂寞栽。

桂花

冷露凄清月夜长，谁吟金粟散天香。
风来淡扫花前影，寂寞婵娟寂寞肠。

桂花

三秋开遍只留香，独与婵娟话久长。
曾幸骚人多少笔，留得万世美名扬。

99

咏桂花撷零

我写桂花，全凭印象。说写桂花，皆知自我念故，非如此不能托蟾桂之清之香。想来中秋，小径昏黄，远野无人，步闲心驰，举望如水清轮，婆娑金粟，玉兔嫦娥，怎得清欢。许是天上如此，修得寂寞便是全福；许是天上念念深藏，已得久长。于我，三十年一世，未曾忘亲，年高笔记。此中深刻，便轻轻入句，其情如此"待到秋风花满树，人间天上两相猜""孤芳一树露华新，只唯今夜度幽人"，孤芳，蟾桂（至亲），幽人即我，不能相见，但有相约，都假明月。想蟾桂寂寞，尔也如此，我岂不是？同得寂寞，只假月圆。"年年不醒年年是"，你未曾离开，我也没有远去，看你"风来淡扫花前影"，及今，尚有婵娟，玉兔，还有我，想必你不该寂寞。

即题杨老师《双喜图》并寄

料峭春寒梅更红，秋来偏爱画东风。
峥嵘喜气丹青透，一派精神在骨中。

乡愁

悯农犹唱故人怀，白首回家一梦裁。
想赋归根何处是？夕阳落尽我悲哀。

无题

清真走马潇潇雨，独立彷徨正好秋。
翻捡心识何代价，拿来物语已轻舟。
无关山外夕阳落，有碍门前溪水流。
漫想闲云松鹤老，徒将惆怅锁高楼。

无题

秋雨秋风好个秋，为谁笺证古来愁。
菊花写下枫红落，河水奔流夜色收。
在世一回沧海粟，读书几度五湖舟。
侧身人海休徒叹，自转乾坤剩点忧。

炼句

先来静静让心回，再睹说诗韩愈催。
风致功成杨柳态，夜书平野看星垂。

七夕歌

蛙鸣万籁近三更，可赋七夕爱晚晴。
一月一桥人两个，共来秋夜望星空。

七夕节

河汉迢迢夜已深，一条天路苦修真。
年年如是年年复，胜过人间梦里身。

西江月·七夕

河汉今夕不夜，人间人海双双。每年逢此共吉祥。一样心情一样。

莫道人间天上，莫嗟两鬓秋霜。只唯心底那沧桑。惆怅谁人惆怅。

教师节有寄

云高万仞水凭川，一字学得夫子谦。
从此程门十载苦，发其根茎绘吾颜。
身归大海源头在，梦就天空儒道参。
恩报还须时努力，忘怀深向路八千。

口占一绝

皆说名利莫贪求，过遍千帆几个休。
纵笔闲题贫事远，登原独看五陵秋。

夜读

秋声不负清凉夜，明月深情柳影中。
但醉一瓢颜巷梦，弦得锦瑟爱烛红。

庚子孟秋

长天一线几回逢，云水悠悠韵不空。
雁阵排开工画语，心潮起落动江亭。
浮生百载三秋谢，薄卷千行午夜擎。
爱雨披诗犹热烈，赚得老杜几飘零。

平居题竹

竹空长克制，不易向白云。
雅健名高士，风清做子衿。
与石书俭静，和雨抱幽琴。
对眼谁依旧，留诗爱阮吟。

撷零

久以来，认识心中有意方有句，心中无意难成诗，即使一时拼凑，难佳。顾随先生说古风，五古比七古难作，五古最好是酝酿，平素有酝酿、有机趣，偶适一发，概其成。"迟迟白日晚，袅袅秋风生。岁华尽摇落，芳意竟何成。"人生有限，自然久永。意先酿后，适时而发。

晨句

市中难见悠然貌，尽可沽渠片刻暇。
一眼微云河汉淡，能除人事落蒹葭。

随感

总堪情处不堪吟，送尔乌纱为庶民。
历尽青云读遍卷，庙堂一坐便亡心。

即赋

花开遍地草蛩吟，小径幽回树树欣。
步此秋声临柳岸，波光动处夜如春。

夜题

一日光阴一日新，青春给力但学勤。
先教弟子习劳作，后事文章不枉身。

秋思

清愁又扫案头香，事往天涯短梦长。
怅怅秋风摇我意，无词能写旧年光。

秋兴

一叶飘零感九秋，苍茫不见五湖舟。
年年秋雨年年赋，只有诗心寂寞流。

吉老师书吾拙句慨然一作并寄

诗海飘蓬年复年，烟波化作武陵源。
乡心一梦东篱句，理想凌寒开远山。

闲读

无关秋雨和明月，寂寞独得自在天。
卧此双节心不远，清词一卷渡江干。

依韵贺道长中秋无题一首并寄

一念禅机未敢参，半生无计过流年。
书耽岁月求心静，力拓朝夕挣我天。
明月窗前花寂寞，琴声耳畔水潺潺。
沏茶邀客双节坐，点起檀香寄散仙。

晨吟

风开晓境菊新好，雨带秋声落落横。
不去文心千古在，爱吟黄叶入丹青。

雨中

秋风尽在不言中，秋雨无情化冷声。
所顾红红节日好，烟波水上画空蒙。

雨中

又来沙岸望川流，不尽苍茫尽付秋。
细雨萧萧芦苇荡，未妨风物自悠悠。

书斋

问渠何处可安然，不做痴人做哪般。
住在书山明月下，一庐境界是桃源。

当当网买书

书中知尔网中淘，人物风流属六朝。
细鉴时文觉手笔，还斟版本看妖娆。

独处

一行小字驾秋声，消尽禅烟坐久空。
慢觅疏星接我句，诗斟明月意无穷。

无题

劳身有限劳心苦，舍力堪安寂寞书。
觅句沉吟伤自遣，趁时黄叶画秋图。

乡心

重阳不用登临意，十里乡关何处身。
但寻明月来相照，如梦光阴去日村。

乡心

莫辞怀旧莫辞忧，可数重阳似水秋。
永忆乡关何处是，当时只道不白头。

题梅

梅花去去又心头，挂在书斋染九秋。
但爱凌寒春刻意，孤芳一世自风流。

庚子年九月初九晨作

北斋常坐寂寥天，南舍藏书盼望年。
应赋无心载柳树，醒来残梦是婵娟。
春华走过霜风鬓，一卷担荷陶令檐。
漫顾萧萧菊自傲，悲欢洒尽客偏安。

无题

爱谁臧否爱谁弹，忧患无词挂影寒。
秋水长天风漫起，飘零一叶奏孤弦。

庚子年九月十五日

莫劳鸿雁下南枝，洒向沧冥一首诗。
是境空蒙烟色缈，掬来物态我忧之。

漫兴

凭香一炷去劳劳，多少凡心被事浇。
烟火无由当代客，油盐柴米问逍遥。

闲吟

真气还须底气雄，磨杀瘦骨见风棱。
但看二毛霜色劲，悠然笔下是菊英。

坐夜

试问山高几个秋，西河桂树莫仙游。
听禅老客茶三泡，去我烦心去我愁。

写意

萧杀气宇剑风旋，抖擞枝头舞向天。
不减凋零书旷意，菊英傲放小窗前。

立冬

西风扫暖阳，老树缀疏黄。
对境添杯兴，只书白发长。

秋意

无词寂寞长，秋水好文章。
一眼黄金甲，裁成九月香。

立冬

一夜秋风到立冬，萧萧著意百年空。

登原不看夕阳晚，只取苍茫草莽风。

美国大选

一对古稀苦苦争，三千白发仗愁成。

夕阳半落狂风撼，不醒人群各尽忠。

无题

那时山月那时风，已是烟波画里横。

对境闲消心杳杳，聊得煮雨不闻钟。

杂吟

何堪底事莫将休，沦落沧溟烟雨舟。

满鬓霜风摇万木，天涯过客总悲秋。

杂句

不问天涯问落花，十年流水是浮槎。

漫书明月千山静，寂寞一壶万木杀。

点绛唇·黄叶敌秋

黄叶敌秋，西风一岁心头路。画桥菊赋，不见凌波步。

走遍清霜，愁入溪云渡。天如故，境垂薄暮，还是蒹葭注。

点绛唇·杂题

天际山云，菊花初傲清风露。梦来无故，醒后愁无助。

幽怨填词，画意横塘赋。平居处，境中梅骨，只许凌寒路。

【双调·庆宣和】 无题

谁念西风寂寞寒，逝水湍湍。细柳营台月初圆，向远，向远。

【双调·庆宣和】 夜读

秋尽冬来夜已寒，未远秋颜。抱卷焚香泡奇兰，且安，且安。

身范感赋

身教童稚总当先，莫使灵台纸上残。

拣净垃圾分好类，一堂大课始开篇。

初冬子夜

参差笔底晚来吟，一片荒寒瘦向心。

南北东西浑不见，千年寂静到如今。

清平乐·无题

笺流残梦，黄叶成风景。细雨如毛寒花兴，一树枯枝画冷。

何绪挂满天空，天涯只尔丹青。心意难凭静虑，沽来平仄三生。

枯荷

枯寒已是枯寒了，化作残身早落尘。

本就淤泥房里住，功德只给爱莲人。

题残荷

枯寒已是枯寒了，岁岁凄清入画屏。

万载轮回心不变，相约好句赋来生。

题枯荷

凄凉也是情，人境共浮生。

但爱诗人笔，年年入画屏。

题枯荷

老境见枯情，蓦然回首空。

谁能开百日，死去又重生。

碎语

"天地间合起来是一首诗。若没有诗，天地必毁灭。人类若无诗，人类必投降。"（顾随先生语）入而一想，虽诗话，是心，是境，是美，是法，是道，是意义，是推动人类文明发展不二法门。无诗不成境（景），无心不承载。方识心、道、法，一体也。

撮零

"诗作不好是因为知道的世法太多，世法使我不能为诗，诗法使我不能入世。学道要多了解人情，了解人情可以多原谅人，疗治自己的荒唐和糊涂。"（顾随先生语）明白如此，方会心于诗。心物成诗，必有因缘，诗乃和谐于心，不起争斗，合乎自然。

菊花

寒花所赖爱题诗，他日一编陶令知。

芳泽赠与东篱女，不再相思枉自痴。

虞美人·霏霏雨雪

霏霏雨雪微风岸，柳眼冬来看。一川流水半阑珊，依旧蒹葭摇曳，意翩翩。

苍茫不散枯寒遍，寂寞咸咸染。小桥如画梦堪怜，只是幽人独觅，伫无言。

书句

海涵拙句路八千，填上新词小雪寒。
但把悲心书万里，慢摇白苇著一篇。
苍茫不去长风住，寂寞还流百世湍。
偶假枯荷听雨抱，相思滴到夜阑珊。

终南初雪

飞霙舞遍满山岚，谁信风光比画刊。
但爱邀朋三五个，农家炕上酒壶传。

雪夜

君魂夜落古长安，多少人家梦未眠。
漫舞飞霙频热酒，清欢别有此时天。

雪夜书怀

雪赏三更妙，诗吟一句佳。
无边心落木，有境树栖鸦。
渐老书成景，忽闲笔到家。
年来多自处，每倚几杯茶。

无题

这山不看那山高，过往时间物态消。
莫恨文章白发里，一回草莽是蓬蒿。

冬语

苍苍远影水茫茫，一色天空一色镶。
路断溪桥野风大，眼前芦苇动八荒。

陶渊明

闲嗅黄花陶令出，尝闻孤恨酒中书。

别来千载留一卷，寂寞萧萧落雨竹。

摊破浣溪沙·冬雨

寒雨寒风寒雨寒，寒花艳影艳花寒。一片寒枝一片景，尽寒烟。

心向寒山寒点点，身凭瘦骨冷参参。多少寒光寒苒苒，赋愁寒。

武陵春·三更

已远云山烟火旧，风雨挂檐流。境染深寒事事休，莫厌懒梳头。

到夜方知闲弄笔，心若老孤舟。无盼春光哪敢愁，来子夜，

看兰幽。

太常引·无题

花欺人瘦奈何情，风被冷寒凌。看我著杯停，身厌厌、森森

夜空。

莫言人事，莫翻闲卷，教我笔难封。敲碎梦婆娑，无语咽、

填平四更。

搬桌凳有记一章

少年还恰少年心，干起活来风撼林。

一片喧嚣一阵笑，流得汗水赋辛勤。

诗书缘

流年走过半壶茶，冷月还明你我她。

日子凭书诗做酒，一篇晨练是朝霞。

题梅花

不辞尘土不辞劳，剩下三余做我袍。
冷月一幅山水画，题诗挂在雪梅梢。

地摊

东山明月正楼东，只照人间烟火红。
十月长街地摊热，一幅好画写繁荣。

无题

寒天寒地莫寒心，来到红尘塑个身。
自鉴年华几回易，能撑瘦骨莫因贫。

对夜

无风无浪四更来，好赋年轮头上白。
且对凌寒千里径，天涯一树向谁开。

寄远

只影随明月，诗山坐画亭。
当秋星眼亮，一念过青峰。

明月

夜深千里静，明月是心情。
况味当头起，谁能入画屏。

诗心

诗田好种一诗籽，浇灌一心向月明。
风雨经年长成树，情开三九爱凌风。

吃茶

一晌尘埃外，三年风雨禅。

归心茶寂寞，向远是江南。

步周文彰会长韵奉和一首

旌旗又招展，碧海大鹏天。

不去江南梦，还酬唐宋贤。

诗心千里远，明月故乡圆。

偶向灵台路，情开草莽篇。

漫兴

白云堪赠几人闲，谁爱陶家一亩田。

时事无参书海度，逢得假日看谿烟。

寄贺道长

几多杂务总关情，夜静方得百事空。

羡慕君身独自在，等闲一卷道心澄。

听琴

天教无那不由人，茶遣七弦愁字新。

剩有幽兰独自放，遥知流水是知音。

无题

心绪枝头画浅白，深深不那莫相猜。

分明昨夜星辰里，又见清风怀抱开。

题梅图

一树东风不胜寒，花开料峭向新年。

峥嵘还是苍苍势，可与青松万代传。

夜茶

心栖山水春，茶泡等闲云。
不与千家月，独怜南涧身。

寒夜

风寒若刀刻，树冷只堪梅。
坐夜茶心暖，写诗山月飞。
霜身一岁老，人事几春雷。
买苦精神好，言愁大梦回。

夜咏

荒烟一缕几十年，不老白石钓岁寒。
冻醒虬枝风抖擞，来书冷月画枯禅。

题水乡书签

唤起江南梦，吹来一缕春。
年年好风景，只与画中人。

闲兴

茶中平仄水中歌，能饮一杯情趣多。
行乐何须等闲日，泡壶春色静心河。

子夜作

寥落穹窿夜不惊，寒风寒月更寒星。
何人立此闻天外，画个梅花表个情。

晨吟一章

早踏鸡鸣晚踏星，学涯更爱老来功。
时光不锁东流水，住在人间看月明。

晨起读书偶得

恨已平和淡不悠，阴天麻木月明愁。
一番无我情根在，都假诗心向内流。

读书有感

恬将无奈付寻常，升斗清贫买海棠。
看取民国寒世界，几回花海道凄凉。

忆梅

花放一枝带雪风，喜迎新岁忆君容。
漫将寒影酌清酒，炉火还燃几点红。

戏题未名群

不中而确懒萧萧，一任群风空寂寥。
已闭心扉学物语，荒寒漠视见白描。

写意

满城霜洒入新年，酾笔升平下笔寒。
怅卧白云非眼界，堪随元亮寄田园。
高楼三省残心挂，千载休疑师道艰。
月向梅花书冷态，诗山一路怎登攀。

蓬庐诗钞四

咏怀

莫问五陵寒，风当二月绵。

书斋茶静静，酒肆语拳拳。

君子一潭水，小人三个圆。

年来枕我箧，尽是故人颜。

卜算子·冬夜柳岸

月向湖心圆，风断荻花岸。缈缈烟波上远天，夜籁东流遍。

莫去蓬蒿径，且做星星眼。无限清廖步步前，一任寒光染。

杂咏

千山一碧春风路，流水西来不计年。

岁月经霜白发上，留诗几首在人间。

采桑子·一梦深深

诗心最是情无限，一梦深深。一梦深深，更与啼鹃夜夜邻。

梅花开后天无雪，怅恨东君。怅恨东君，聊剩寒香诉与春。

辛丑牛年回家过年坐赏各种盆景花卉即事有句（折腰体）

移来天地春，妆点火红门。

橘透清平态，榕扎盛世根。

牛气发新柳，人和担万斤。

微躯凭自助，奋起复精勤。

辛丑牛年初一晚独坐

无朋有酒不成欢，忍把龙泉看几番。

漫忆韶华感风雨，应将白发换十年。

无题

诗瘦梅花更耐寒，风怀教月上愁弦。

为谁一夜消无梦，莫道寻常只影单。

辛丑牛年正月初五夜杂咏

莫废春风载酒行，江湖客路意难平。

头白一首烟花雨，不掩今夕寂寞红。

正月初五夜

十二阑干明月章，深深琼宇几分伤。

遥怜星眼垂天地，与我同书梦未央。

眼儿媚·咏梅

恬淡东风满山林，一眼万年春。琼花独秀，幽格别样，颜色舒馨。

谁来题此冰姿艳，玉骨透清神。偏安遥夜，冷烟和月，瘦影知心。

虞美人·读纳兰词

冷烟深处曾相见，匀泪倾心眼。梦来别后露华浓，应是凄凄肠断五更风。

无常总是凭心过，听雨和谁课。闭门轻扫世间尘，与我读书间写月中人。

吉老师屡书我拙句兴而复寄以谢

又见冰姿句里风，东君笔下寄先生。

今年好景多昔日，比过三春十里红。

浪淘沙·题纳兰词

红影总堪伤，饮水词肠，梦余花外自凄凉。忽见薄衫春瘦尽，任抱思量。

明月夜长长，曾照幽窗，东西南北染芬芳。已去他时谁可诉，只剩回廊。

画堂春·正月初七

烟花空落满城春，闲书闲掷闲吟。早来如此晚来臣，如梦还贫。

人日懒消底事。渐成一缕香魂。化诗相访寄朝云，莫道思深。

阮郎归·寄春

春来正月好风闲，花开心自怜。鸟啼欢快水波澜，白云杨柳间。

人事杳，向青山，逍遥与梦残。一身清静几分寒，悠悠写满笺。

更漏子·辛丑正月十三雨中书

密雨侵，东风破，云气低沉寒缀。眉深锁，暮轻挪，断肠人奈何？

杨柳怨，伊人盼，莫道相逢相见。天有泪，夜无眠，谁能知纳兰？

如梦令·惜春

岁岁年年春好，流水羲和草茂。正是踏青青，走遍十里枝俏。笑傲，笑傲。又怕雨袭春晓。

119

如梦令·莫道落红一眼

莫道落红一眼，正是春风无限。杨柳总依依，身向蒹葭寻遍。谁见，谁见，浩渺烟波漫漫。

如梦令·明月曾摭愁怨

明月曾摭愁怨，总向天涯缱绻。流水九回肠，砚底残红一片。寄远，寄远，遥看浮槎谁泛。

南楼令·无题

飞绪若霜秋，惊魂掠鬓稠。虐谁情、风雨堪忧。心事如绳非我系，生如梦，死方休。

问客有何求，填词买断愁。此思量、欲种坟头。假尔年华春自在，无限意，尽风流。

蝶恋花·庚子二月十六夜

酒自琴声箫自远，一片江湖，只照冰清艳。古墓隔开人世险，风尘淬炼儿男胆。

更与迢遥穿越见，忽到今夕，千载轮回衍。侠骨柔情思潺潺，月华一地相思遍。

碎语

人之生也苦，人之生也乐。苦乐本自一道，如朝夕之象。我辈，微尘一粒，小花一朵，平等由之。奈何人间不等，功德不一，祸福无端。默然流观，经时一世，于心觉悟，清浊之间，操生志于年华，省损己之言行，报深情于所好，践日常之劳力，余暇读书，吟讴所著，忧患可以。故，回头，一切平等，赖己之修为于日常，一体不隔，苦乐相生，使心性自真，绵延向前，知学海无涯，境无所止，爱所适之，达观于功利之外，纯粹于经年之故纸，读当代之思想，藏痴以情，足矣。

偶得

蒹葭一向旧苍苍，只用云烟绣锦囊。
日仄西山河畔影，还寻无限好夕阳。

悼袁公

本是神农后，功德逝水长。
从今一梦去，留下万年仓。

咏怀

只身天地间，放旷向林泉。
老住一心宇，风来九万年。
无邪依柳客，爱静入松烟。
到此如何止，溪流石上寒。

写女儿

照亮身心是曼殊，丹青一抹只心书。
时将志气归清静，任抱韶华敢自逐。
注：曼殊，佛教语，意为妙吉祥。

端午

窗前听雨正端阳，赠给人间好纳凉。
一补诗心花怒放，丝丝洒下带幽香。

晨雨

昨夜清凉梦，今朝雨已疏。
风抟堤岸柳，水入海天都。
但就胸中笔，还沾草上珠。
依然诗可恋，心向落花图。

父亲节

年年岁岁有今朝，天命如常孰可逃。
念老堪情人辈辈，应教日子慢还遥。

漫兴

静沉心舸落星河，一刻清宵诗寄托。
爱舀千年明月水，莫唯佳句复雕琢。

题《诗词中国》并序

曾参加第三届诗词中国传统诗词创作大赛，偶获殊荣，幸甚！
此届获奖作品早已由中华书局出版，今日题句为念，留存。

十年磨剑试刀锋，正是飞霙舞浩穹。
对景寒梅深怒放，只书心底那支红。

自题

回眸已是五十秋，幸有藏书万卷楼。
在世无闻心寂静，不端杯酒问曹刘。

咏怀

正当劳碌年，馀下是陶园。
无补人间路，独依书上船。
老朋明月静，新酒古风寒。
五柳何烦恼，蛙鸣一片天。

口占一绝

残阳若画九霄红，天马云龙各自腾。
但顾秦山一脉显，相逢正是草青青。

小暑

云在西山水向东，风儿午后共蝉鸣。
剧开襟袍同谁路，又见英雄战鼓腾。

无题

花间总有几分寒，白鬓仍须一字耽。
莫道天荒垂老境，落红诗里最偏安。

无题

人事纷纷年复年，几多春恨到秋残。
如今正夏花开遍，心上无端问等闲。

夏雨

身随寂静空，诗兴绿荷明。
雨起混茫际，桥横大野中。
芦风滋浩渺，草露动幽清。
妙趣翻生意，怡然落笔惊。

相见欢·年光

东风吹落花红，草青青。一岁年光如复鬓边星。白云境，伊
人梦，暮天钟，莫问凭栏心事寂寥生。

何满子·清夜

草木不随风去，星天垂下更深。心境无聊眉半敛，夜沉天际
流云。阅遍肠愁梦断，泪还依旧沾襟。

望梅花·题句

身落蹒跚更静，雪挂飘然梅影。画上寒枝香气冷，骨下清奇
谁共？应赋此心一处梦，还与琴箫三弄。

123

采桑子·无眠

多情寂寞深情老，一曲琴箫，半世书巢，独课痴心依旧烧。

山风今夜南楼上，淡月寥寥，好句萧萧，强赋无眠挂柳梢。

黄昏

夕阳落下九重纱，思绪无遮六月花。

只与沧波轻放远，堪随烟水漫涂鸦。

夏夜

风怜月色夏怜河，烟水一身愿不多。

静趣无人更闲散，莫如长此对清波。

诗文集

总爱文章古，心中特特亲。

时间颜不改，纸上字犹闻。

与尔清闲舍，涤吾浊磈身。

一逢风雨故，更赖此留春。

大暑

蝉音响彻霄，更感暑闷潮。

薄汗如油渗，微身似火燎。

只堪静心地，还坐老书巢。

据此茶一盏，悠悠皆可抛。

雨后

悄然一碧新，凉意已绝尘。

目遍极天远，风轻细草深。

无由心似水，知故树成林。

爱此烟波境，犹题坐看云。

即题

林泉纵有他年好，那比书山一叶秋。
日取劳生先受苦，赚得万卷亦无休。

假日闲咏

风凉秋水外，兹意暑无长。
昼卧楼林隐，溪行云月彰。
闻芳花草盛，伫景野石茫。
东来路忽断，竟起阮籍伤。

杂咏

路断斯心渺，月流云半遮。
听石说梦语，伫水唱离歌。
风笛一时起，天人两境隔。
胡言伤往事，纵目向沧波。

感《山河》怀作

干戈无到处，怀旧老沧波。
血洒山河壮，敌围客路薄。
救亡莫徒叹，抗日岂忧折。
但止闻焦土，断头笑亦歌。

微雨闲行

烟云不退雨潇潇，走过人间第几桥？
就此徐行心放旷，堪将当下作闲抛。

无题

近观浊浪远观天，独有风儿借柳弦。
至此一隅堪自在，更求人海境偏安。

梅骨

梅花写尽冷精魂，一谢寒枝谁敢吟？
瘦骨苍苍非我败，独留此韵放风襟。

无题

一入长安遍地花，岂能独放向天涯。
愿身垂下千条绿，便剪春风到我家。

中伏

只今失却空调下，真似馍于锅里蒸。
不夜街灯水泥地，当向河边借野风。

日落黄昏

草间石径向桥弯，止步凭栏日落山。
漫顾云天等闲去，晚风吹过水含烟。

无题

莫撷红豆只堪怜，好把相思写遍笺。
夜有清愁独自课，每来明月问婵娟。

中伏炎热午间闲作一章

铢瘦当知骨不虚，毛长犹坐旧蓬庐。
少年留下田园梦，老冀摧成半箧书。
明月清寒一味药，红梅艳冷九分孤。
爱随闲懒归三径，偶作登临看有无。

吃茶闲咏一章

一去青山叶叶春，买来闲泡看流云。
知身恬淡禅风静，入器清明野岭深。
且坐幽篁尚邀月，尝吟拙句亦听琴。
精神穷尽书涵养，思想登临傍故人。

无题

梦里无常兆却先，暗关心相久积缠。
但除疑虑非留恨，一炷禅烟可问安。

忧赋

何处凄凉意？巴山楚水伀。
疴瘟流四海，尘世惧孤鸿。
力挺忧长路，心焚哀短檠。
万千魂魄去，又见起秋风。

感作

心长身不长，梦断令人伤。
一路何其短，三春诇彼芳。
堪寻时忘我，爱赋叶飘黄。
偶至枯荷境，愁听秋雨茫。

无题

帽子高高戴，王孙势不群。
春来杨柳绿，秋去野荒贫。
但爱夕阳境，唯存海市云。
风发尝点将，那可问竹林。

相见欢·听雨

和风细雨幽凉，夜长长。弦上芙蕖荡漾、水汤汤。

花一样，叶一样，念刘郎。听任离合一曲、渺苍苍。

辛丑立秋

昨夜一场雨，悄然到立秋。

清明千里霁，飒爽五陵游。

草木新新色，白云冉冉舟。

风情随意转，放眼有何求。

枯荷

春恨生成秋恨别，空将明月赋七绝。

无情伤逝东流去，一岁华年一梦迭。

听琴

最是琴箫梦样肠，并听烟雨裹苍茫。

愁情共此隔纱境，但把诗心弄几章。

无题

扫去浮云意，抛得忘我禅。

流霞堪自饮，朽木笑风旋。

对柳章台梦，闻声夜雨天。

婀娜说不尽，都在板桥边。

题《明诗综》

千朵梅花一树风，凌寒不负六英情。

说来五百年前客，有若星星挂满空。

按：千朵梅花指书内存录三千四百余位诗人及其作品，一树指这套书，辑录者是清人朱彝尊，距今约五百年，辑录作品都是明人作品，故有五百年前。他们都是"凌寒独自开"的一代文杰。

即题

一枕清凉七月流，漫随烟雨下初秋。

等闲无待人间老，只爱诗田觅自由。

无题

辛酸不就人间问，纸上犹存几缕春。

冉冉心旌每堪向，迢遥一路许征程。

夜雨

秋气从秋雨，蛙鸣更赖听。

穿林如密鼓，滴露似疏钟。

始至犹怜夜，稍深遂忘情。

觉凉半拥被，翻卷与谁逢。

无眠

秋蛩一夜赋秋声，寂寞星河九万重。

莫想白云传信处，每敌寥落只堪听。

读苏轼黄州寒食诗

几日秋风夜已凉，几多孤寂又何妨。

精神不起堪穷笔，更向寒食借二章。

无题

愁心已惧霜风渐，难就光阴留少年。
今日忧伤莫回首，乱怀堪味蜡烛残。

书菊

雨怜秋色味无穷，独有菊花不负名。
傲放霜身还本色，阒然修到武陵风。

忧作

草间秋梦渐萧萧，流水无情翻作涛。
慢对年光依老树，唯求长此赠吾曹。

秋雨

冷雨一帘梦不成，三声打叶总关情。
人间多少无常事，都在秋风萧瑟中。

秋雨

几声秋雨几声情，洒遍人间比酒浓。
人世一场多少爱，都随萧瑟满山红。

夜雨

欲凭秋雨躺平身，不事文章不事心。
懒散一如人海外，只将无意洒甘霖。

初秋

绵绵秋雨洒悠长，辄引西风吹我裳。
暗剪沉云滴柳色，一层薄雾漫湖光。

即赋

心事都随秋色镶，更兼秋雨挂檐梁。
低徊只有清寒味，倾尽年华愿久长。

忧书

时间一秒雨参差，都付云烟化作诗。
伤逝如风吹不尽，人间惆怅几回迟。

雁丘

天南地北只双飞，生死无分生死陪。
万古一心非是梦，直教儿女泪低徊。

听巫娜琴曲《空山寂寂》

空山自有云出岫，野寺犹闻报晓钟。
但与林泉相寂寞，无求境界下烟松。

窗外

风叶摇摇幽见微，天空不大总因媒。
临窗染绿柔和眼，便引诗情万里飞。

即题

而今不卧无诗地，顺手东坡亦可居。
一路贬谪一路景，跳脱人事访东篱。

自题

平生自笑稻梁荒，渐老茅檐梦里藏。
不复长街千铺景，归来一室百年床。
诗人或爱陶苏李，逆境常流山水章。
无补纤毫只惭愧，痴书素抱旧芬芳。

秋夜

清夜身闲心也闲，便移书上看千帆。

南堂半隐江天醉，窗外云涛爱子瞻。

秋夜五更

一念安禅境自空，向如风啸藉竹鸣。

斋居此意书读快，遇见东坡便是晴。

无题

且向东坡月色明，虽无雨洗也幽清。

人间荦确凭心越，自适偏来苦难中。

即作

春风未写春风面，秋雨秋风向雪堂。

常念东坡神往处，能得一味就归乡。

望

梦向南风许，云悠碧草萋。

东西横玉带，绿被覆清虚。

秦岭流烟墨，楼林布景局。

长桥青眼下，万里纵无极。

偷闲

菊花淡了秋风遍，对雨清茶一味寒。

不似家僧打禅坐，只缘心静爱偏安。

采桑子·即赋

窗含玉带阴阴遍，浥满烟烟。秋雨翩翩，秋色沉沉入水寒。

秋风一扫秋菊艳，又个秋天。感待中年，总把萧萧笔底拦。

即题

风雨秋心叶露明，为谁滴碎暮寒轻。

时光不老人憔悴，遍地凄凉醉落红。

采桑子·夜雨

岁华如梦滴无尽，漫向心间。静自无言，一把清寥秋雨寒。

等闲人世随青眼，只赖书山。便隐林泉，不减渔樵荦确耽。

采桑子·无题

而今风雨依然瘦，独向清流。独向清流，莫怨人间多事秋。

心堪富裕眉堪皱，花语无愁。花语无愁，是个陶潜便自由。

独处

云庐梦断景清虚，秋雨文章漫漫滴。

但染绵绵心向处，空闻寂寞洒秋菊。

太常引·高楼伫景廊桥烟色

几回人世恁消磨。对景望烟波。杨柳影婆娑。雾渐起、阴垂郁泽。

长风漫漫，一秋渺渺，都与纛边泊。岁月半蹉跎。不要问、忧深几多。

卜算子·题枫林

满目醉丹红，一叶离人梦。来是春风去是霜，谢了相思病。

无语更凝情，有恨皆成影。底事留得画上栖，独对枫林径。

卜算子·题枫红

别样是枫红，夺目林初静。一曲山河血染成，多少英雄梦。

寥落遍霜情，秋兴书寒影。今日流连旧月明，未敢辞惶恐。

再寄孙老师

烟云不去雨成篇，题写枫红赖旧年。

此意深深铺满纸，青春一首寄婵娟。

偶成

抬头不看天，低首阅流年。

对雨秋风下，谁怜寸草寒。

题红叶

迎风红染遍，一叶动人眸。

雁过寒林色，霜摧眼底秋。

多情铺满纸，好景入长轴。

每看心于艳，让愁都不愁。

题红叶

身心都是红，林染好秋同。

美艳年年看，深情岁岁惊。

兹霜爱云意，对雁赋西风。

但表轮回世，飘零色更浓。

白露有题

秋风一扫露寒明，菊色如春枫色红。

喜看人间烟火美，好题佳句赋丹青。

读徐渭《题墨葡萄》感叹

莫道明珠笔底穷，还说落魄已成翁。

怎堪闲掷闲抛境，让我如何度此生？

蓬庐

蓬庐应是野村合，人却蜗居借此托。

夜梦郊河闻细柳，原来在世爱烟波。

云居

世有常地，居者为家。人有素志，一生恒之。某，糊涂者，于世边缘，不合时宜，为公劳力，不争长短，三余潜志，与夜同德。无闻，我之字，历寒暑不知几何，愈得无闻之善，无闻者，无挂碍。味其三昧虽浅，长白发，好游五湖之卷。嗜五柳，其性自然、高贵，归去来今，成就己心。某，得其私意，流水自然，于人海勉存其身。性刚而柔，因善恶而显。人世匆匆，在一日，一日有读，仅此，算不得奢，亦藏，半痴，足矣。友谊七人，偶于蓬庐一聚，无求相敬，谓之蓬庐七子。他日，有藏书之所，直耸云天，可视蓬莱，故名云居。不隐之隐，不妨自然。今题云居，简介一二，至此。

闲读间句

好在江湖诗橹中，想来风月满怀情。

唤起苏黄无限意，独裁秋夜送秋声。

撖零

孙犁，藏书惜书，新旧不论，十四岁起。常利用所得废纸包装发还旧书，或题书名、作者、卷数于书衣之上，或偶感触，随笔附之。自言：七十年代初，余身虽"解放"，意识仍被禁锢。不能为文章，亦无意为之也。故"书衣文录"乃消磨时间，排遣积郁，此盖文字积习，初无所深意焉。

撷零

嗜者存焉，与书结缘长久，触富足必此。于世所得，书可安余，好赖有幸来，不幸去。室小书多，无处安放，为家小不悦，只待他日另筑书巢。今日周围，爱书者有，藏书者鲜，得孙犁《书衣文录全编》所题一二，知音所见略同。

撷零

"能安身心，其唯书乎！"（孙犁语）求其一，不须外寻。物塞当下，浑噩处处，不合非谓不中。一世三十载，风景不同。然无风景者，忙！有风景者，繁华一秋！命弦谁操，忽念"世间好物不坚牢，彩云易散琉璃脆"。

撷零

秋心如雨，恶梦萧杀。无常之常，常止于书。四更中起，读孙犁先生《书衣文录全编》，间杂即事之馀氛，意气嫌多，而彰怀难掩。退以撷零，所寄唯书！但此，无瓶斋之幸，焉能如此。

撷零

瓶斋记，白乐天书信有云："又或杜门隐几，快然自居，木形灰心，动逾旬月。当此之际，又不知居在何地，身是何人。"庶几感染，差可合辙。文字浇心，秋霖成泽。此氤氲弥漫，正当中秋在即。

辛丑中秋依韵贺道长七言并寄

仙乡总是神游处，明月何曾忘此怀。
但有歌头凭水调，还寻岁梦忆亭台。
烟云化作三春愿，梅骨偏能疏影裁。
遥向冰轮书我意，清明洒遍桂花开。

无题

一席清旷笔端来，百尺高寒岂料哉。
莫赖天涯迢遥处，天涯早种尔苍苔。

无题

乾坤有眼雨成珠，悲喜都从云墨出。
一撇终须一捺挺，一回人世那堪涂。

即景

苍苍日暮老秋烟，傍地竹石一个天。
水墨轻匀初夜色，菊花带露雨丝寒。

无题

诗心如月总发光，但有无晴海角藏。
寂寞馨香花艳艳，闲抛晚籁赋一章。

辛丑国庆

大美山河日月明，红旗插满九州城。
良辰自是七天假，好庆家国万世隆。

假日闲居

行识阅历鬓边白，造化难工笔底裁。
但享时光无琐事，便题一首旧亭台。

慢跑

阴阴冷冷晚秋来，尚有红花艳艳开。
最是精神春意跑，每题杨柳爱风裁。

周末

归家即是海云深，境界因书不损心。
但与闲身独处静，卧听秋雨到诗门。

无题

老牛犁地不须鞭，已惯春风秋雨绵。
自是人生多逆境，犹当一字写流年。

诗

诗是心灵一朵花，春秋冬夏暖如家。
唯情唯境沉沦处，明月一轮元亮茶。

渭滨黄昏

一年怀抱九成沙，河畔黄昏步减压。
但望东流秋两岸，题诗每过是蒹葭。

重阳后两日

前日重阳不感伤，而今无怅步晴光。
年轮每转时间去，只有诗心更健康。

弘扬美德

十四亿人一个家，还须努力自开花。
扶帮亦是修条路，方便你来方便他。

秋霖断续月馀初晴

芙蓉桥上望云烟，河汉无垠渭水悬。
雨霁初晴新象净，风吹草味气香寒。
秋深忽见飘零意，衣厚难书下笔残。
世路如常多舛误，物闲方显近陶潜。

秋日晨曲

旭日洒金边，白云挂碧蓝。

湍流动天地，草木下清寒。

自题

浮生劳碌宿心斋，爱与摩诘陶令呆。

染其风骨存清雅，渐老唯耽寂寞怀。

自遣

多少秋霜无字书，天然萧瑟本该枯。

闻声还是清泉响，此境山间傍草庐。

周日闲咏

浮沉世事入则深，猛顾白头贵与贫。

奋力功名徒叹命，退休模样皆似云。

早种心田随势态，终归境界愿安身。

诗书但爱闲暇有，无地更须手上勤。

题菊照

菊花镇日傲咸阳，只把平湖披彩妆。

看我微台多靓照，不须人海赴徜徉。

中年

平凡日子等闲奢，白发上头事更多。

但有时间归寂寞，风光不踏愿蛰窝。

酒语

冷眼空空酒几盅，秋心送我叶飘零。

年年如是年年看，只有寒枝共月横。

人世间

掌中岁月已寻常，不见光阴只见忙。
若写秋风犹可画，立身人海望炎凉。

杂句

时光都在典籍中，人际抛开水始清。
利禄如霜生剑气，能伤绿叶病秋风。

杂咏

谁锁青春闭口金，阴晴只看对何人。
素闻杨柳无愁事，垂下千条让尔欣。

对己吟

如今刺世不知春，每表心声那可云。
假象浮言都莫罪，笑谁先笑己犹贫。

寄君

去年秋水正值君，今夜清风借酒熏。
明月如心犹肺腑。只教肝胆照乾坤。

观心

　　今日之风，可以省心。今日之景，昔日之云。若水，浅则溪，深则潭。溪浑者，溯源；潭静者，映物。此一心之比，清者自清，浊者自浊。明月洗心，鲜花自傲，不借他力。

　　人海反照，虽假亦真。求假者，唯存；求真者，唯心。做事者，做己；混世者，留痕。冷观心热，假真一也，如水之月。得其美者，知其善。善者，理之真也。

突围

生如一战若逃亡，靠者迂回少带伤。

好在苍凉荒野阔，但寻高致把身藏。

题书斋

能织心世界，但向五云闲。

不似林泉隐，独藏一浩然。

辛丑十月望日下午邀请史高座老师为我校诗词社团师生讲授诗词课掠影

白日依山薪火红，诗心未远大唐风。

悯农一首千年唱，佳句传来好雨声。

漫兴

人生学问自读书，空把青春用此扶。

夜阅东坡灯影瘦，折腰总是世间图。

无题

病残衰老爱成秋，怅惘人间风雨舟。

故事如烟非是梦，谁能忘记落花流。

周六夜

风尘不似旧时亲，冷月一如照故人。

华发忽然翻到此，更怜长夜自由心。

诗心

但爱云天书我抱，犹归大海纵波涛。

如诗化作皎洁月，万古常新笔底潮。

两届诗词中国传统诗词大赛获奖有句

笔落婆娑一鉴新，风华两度照京门。

平凡不惧诗心小，也作梅花傲此身。

题《寒食帖》

行间字句雨中春，敲醒曾经不死魂。

但使形神随意转，从来未卜震乾坤。

题菊花

菊花不复傲东篱，我亦尝从卷里期。

每望秋风犹起念，陶门扫净好皈依。

咏菊

不夸颜色只凌霜，淡品人生也自芳。

万木萧萧你独傲，选来陶令使名扬。

咏梅

疏影清寒品自高，凌风傲放六英朝。

无敌冷艳谁堪与？只傍孤山处士巢。

咏竹

节节向上爱中空，只与石兄莫逆情。

墨客虚怀常借此，书巢一挂励人行。

咏兰

兰草听说幽谷生，芳华自楚共谁曾。

岁来书舍置于案，更使诗情坐久浓。

贺第五届诗词中国传统诗词创作大赛颁奖典礼圆满落幕

美酒应怜琥珀杯，相逢更爱咏寒梅。

青春聚首花成海，好鼓诗槌猛自擂。

书意

朔风吹彻梅花意，大雪纷飞万物白。

更赖悠闲心静笃，一茶一卷坐清斋。

自题

少小不知白发苦，壮年唯静爱读书。

未觉纸上得来浅，直把神游作五湖。

即作

悠然得散意，寂静是深潭。

但爱平如镜，不离明月弦。

收到第五届诗词中国传统诗词创作大赛获奖证书有题

多少甘甜多少苦，应归寂寞爱读书。

东篱不远诗犹近，三径常赊明月竹。

老树寒枝

秋声老去荒寒遍，瘦骨铮铮向九天。

但啸长风关不住，能敌凋敝把根潜。

星期日

寂寞心读寂寞书，等闲唯度等闲壶。

堪消岁月堪无我，忘记时间便是福。

梦回

自视忽来陌上蔟，闻风洒月总相宜。

但寻村径回年少，小院依然九月菊。

对子瞻一章

子心如月照乾坤，我辈无才灌我根。

每与竹石凭画载，留得雅意寄微身。

多事之年不胜其累以句书之

纷繁止未央，蹭蹬泛八荒。

福祸成一梦，梅花送暗香。

唯诗医我苦，于雪刺幽光。

不敢惊人语，独存寂寞章。

辛丑冬月抗疫

等闲依旧等闲风，只是无违照令行。

静看长安一片月，都凭好愿做家僧。

咏梅

爱雪梅花入眼红，如诗方信美人情。

铺笺写下知音句，不负凌寒意自浓。

辛丑疫情中即作

公路无人车二三，天空罩满野林寒。

不闻清寂归原始，但写喧嚣正涅槃。

下雪了

物态倏然换素颜，呼来空气好新鲜。

若能书此乾坤净，便是人间最美篇。

漫兴

佛前一炷并非空，所赖诗书不过情。
若问谁怜谁挂碍？但凭明月照心旌。

念毛主席

年年都作缅怀诗，不是先生是导师。
今夕但溺情如此，好与婵娟共子时。

辛丑疫情中

北风吹彻杜陵沙，不见人烟只坐家。
静虑如禅非自闭，来年二月又开花。

漫兴

唯书可养素心闲，身向无违不必诠。
日子达成一种趣，方知境界在云端。

杂咏

句隔心性空平仄，诗近俗情多附庸。
莫叹人间干谒路，浩然从未爱虚名。

疫情中

万户宅家市已封，读书写字做如僧。
虽非隐者长如此，但对光阴莫使空。

辛丑疫情中夜读书句

听心归去久，斋坐不曾空。
对影沧溟阔，焚香一点红。
幽情随寂寞，残卷度凄清。
莫叹荒寒月，但读三五更。

145

寒冬速写

风凌野水月飞天，只向寒枝挂冷弦。
到底时节关不住，枯黄抹遍草无颜。

抗疫

长街空巷不空城，教坐高楼看布兵。
天网忽罗魑与魅，好迎春日踏春风。

自题

今日布衣他日尘，不嫌富贵不嫌贫。
老来好静浑无想，因苦方知纸上心。

元旦有诗

应知起笔韵先生，诗就青峰向月明。
陶冶不期佳句妙，但能情至自然工。

孤馆深沉·题梅

梅开腊后傲孤芳。应是第一香。莫待尔纷飞，艳谢岁寒，来踏青阳。

只自取、六奂应写，盼挂在书房。坐还坐，伴吾疏影，赏心何赖词肠？

蓬庐诗钞五

碎语

与心处，要静；与人处，要诚；与物处，要和。

碎笔

引，神秀说："身是菩提树，心如明镜台，时时勤拂拭，勿使惹尘埃。"

惠能说："菩提本无树，明镜亦非台，本来无一物，何处惹尘埃。"

神秀之偈是修行人之偈，人话。惠能之偈是释迦语，佛语。空托有，有当空，终人在有形世界，非有不可，然空在精神，唯境界可达。此二偈，皆高。惠能高在纯粹若空。神秀高在，世间好用。

即作

明月无诗花不开，一茶一卷可悠哉。
为心只爱白云上，好挂风帆万里来。

闲作

岁月不嫌家舍贫，为身种下悯农心。
一椽一瓦三分地，只靠双亲两手勤。

疫中小寒夜

一色昏暝万户灯，小寒直下渭城钟。
不及梅傲千家笔，只向长安挂冷清。

疫中有寄

茶外竹风月下轻，画中石草笔上浓。
书传岁杪门长闭，梅傲郊园影自横。
昼来落落长安静，夜到空空野渡清。
半是寻常无那许，偶然相望愿黎明。

缅怀周总理

功德那用你来夸，掠过春光只有他。
岁尽梅花依旧傲，风仪到此已天涯。

面条

好念人间口齿香，能经岁月便芬芳。
思量但愿人如故，次第端来日子长。

大寒即赋

岁律轻敲到处寒，赋得何事恁相煎。
观天欲雪真无那，勉向诗心种苦禅。

咏怀（古风）

震铄何言诺，清光一鉴泊。
闻时孰可待，大化总堪合。
风来随影曳，草盛唱春波。
到夏寻南涧，茶禅林下铎。
排忧去人事，历苦悟陀螺。
应枯霜叶败，但爱骨堪琢。
冷假荒寒拓，名归万物蛰。
莫辞梅上雪，不负古人歌。
闲哉偷镇日，不死向陶哲。
人境无闻好，兹心慢慢掇。

148

雪夜

一样赋梅情，只需飞雪迎。

银蛇九天舞，冷艳满园听。

欲向围炉夜，思流掴笔风。

知心非怅惘，喝下断肠红。

哭父三章

一

一声悲泣泪如泉，直把相思彻底连。

切切应闻寒夜雪，锥心梦样是人间。

二

一声轻唤泪何弹，教我如何问涅槃。

人世消磨不应苦，从来追远寂寥寒。

三

吞声不止正凌寒，舍我应怜蜡泪残。

梦碎人间从此夜，教儿何处侍家严。

念父

春腾虎步相思杳，何处星天可寄眸？

泪我呢喃无数遍，不隔魂梦念如舟。

念父

莫言生死断人肠，莫道相思念念装。

痛定执着非去去，应闻夜夜水汤汤。

念父

原来寂灭下黄泉，一念忽燃念念蹿。

问我元夕问明月，何时可复复从前？

念父

梦残犹可忍相煎，不复曾经不复缘。
明月一夕千里照，相思不落问婵娟？

念父

人间不苦不成眠，但愿轮回再续缘。
明日元夕明月照，香烛引我见佛莲。

念父

念念何辞泪水怜，让儿开口向谁言。
三七一盏相思酒，赋此别离字字传。

雪夜念父

再无人世奉您餐，只想听您话旧年。
夜雪还如寒袖舞，北枝堪瘦冷烟缠。
念来十六梅春讯，摇曳东风一梦传。
断续而今兀自泪，相思最苦不能言。

念父

再莫能回再莫能，那堪着落复曾经。
光阴尚小人皆在，梦醒春风不必停。

念父

一种悲鸣著眼空，婆娑有泪怨非终。
每穷伤逝人何处？锁起相思寂寞听。

念父

不扰人间半亩田，裁春向柳念无边。
但能回首浑如梦，流水光阴谁可拦？

150

念父

光阴不语自安排，剩下相思寂寞裁。
若影如常依旧是，只堪独想雪皑皑。

念父

莫怨天伦笔底哀，一程人世若花开。
有缘终作无缘去，不误灵魂梦里来。

念父

愿身一梦醒如前，忍把离别但忘年。
长夜不堪应可待，何妨相见复忽然。

念父

知心亦幻念寻寻，劝我相思莫可沦。
若影倏来不堪去，但觉伤逝泪沾巾。

念父

念念纷纷念念沦，不拘犹忍但堪寻。
所思直到肝肠断，苦想离情笔底存。

念父

不觉尘世死别长，直到无期念始狂。
所憾人生一梦短，只能独守旧时光。

念父

相思和泪莫能还，似水西来入海宽。
所恋婵娟当可寄，一心独向九天愚。

念父

不能同在屋檐下，把念分成岁岁花。
慢顾光阴思往日，应回少小爱桑麻。

念父

永别烟火已绝尘，斋戒清明似梦寻。
境自残阳尤可恋，独思雨季蓦然深。

无题

看似无情却有情，为谁吹落半塘红。
嫣然未去花犹在，听雨经年琴上浓。

春趣

花开烂漫宜人眼，步趁郊河远自偏。
但与春光皆寂静，闻风最是水波澜。

买书有题

总能因汝忘凡尘，不入云庐不死心。
此好甘贫犹费钱，偶然一忍百年臣。

读书有题

赏心非是到春边，一纸山河午后船。
枯淡皴出石几块，力薄杂树远含烟。

寄张天枢老师

道心磨透五湖秋，霜剑风刀总自由。
莫破机锋人海去，一茶一饭在香头。

念

天远伤愁别泪多，花飞春恨梦成奢。
如诗占尽白云眼，望断前尘水绿波。

弦上画境

人谓消愁愁更愁，我闻弦上雨滴柔。
清绝万缕生香墨，韵就朦胧一片幽。

浅夏

花开不到忙人眼，夏柳夕阳日复眠。
愁听槛外风无语，最怕悲啼是杜鹃。

寄史高座老师

清词丽句最堪抚，更爱文章胜过诗。
阅尽千山流水路，一峰独耸壁参差。

李君儿子大婚贺喜与同窗发小相聚留念有题

同窗赠少年，欣慰到今天。
不止逢吉日，犹添续旧缘。
中年春草绿，我辈柳风绵。
莫想经人事，只需心自然。

端午雨夜有怀

乡愁不去影独浓，雨里织成陌上耕。
更起哀思端午夜，南风一宿故园情。

无题

烟残立水六朝风，一树梅花醉放翁。
不朽如诗花落后，偶然怀古正相同。

153

卜算子·杂咏

杨柳不须言，倒影谁来看。寂寞清风空自远，应赋心无限。

天涯明月风，总向离人眼。化作轻吟水潺潺，夜静星星闪。

即题

闲风尚懒绿深深，只阅英雄养野心。

投向溪山题自况，钓来湖海是唐寅。

读书间有得

老态无由鬓发摧，干将杨柳作春飞。

花开寂静诗心在，问尔幽情付与谁。

望南山

南山隐隐雾腾腾，也问渔樵作客松。

静坐高斋徒有望，白云总卧岭头风。

即题

一笺明月照山水，千载文章归柳风。

静坐云庐非寂寞，每能开卷好心情。

即题

能读流水慢着鞭，行脚山僧坐忘年。

一饭一茶等闲过，文章到老爱陶潜。

咏怀

荷花六月风，雨落可幽听。

岁浅诗无暗，书多梦有灵。

光阴白发染，物语草虫鸣。

不是忽来意，但觉琴韵生。

炎夏

蒸腾百尺千重浪，炙烤烟云烈火烧。
老树无风凭叶密，立身仍作故人巢。

读诗有作

热字三匝好闭门，静如流水旧诗寻。
清欢不自俗人眼，每似登高作野云。

秋夜

水流秋色柳犹春，小径花开寂静深。
但爱无人忽对月，随风觅句九天云。

教师节书

泉水书声稚子潮，教鞭所向志扶摇。
春风有意归桃李，月洒梧桐苦也陶。

摭零

宁以身累，不令心谪。累，力乏之。谪，心责备。力乏可复，心责有过。偶以形式，不功即过，吾尝作，以混世而和众。倘以一事常此，损命积弱，失真而常假，读书何用？原则于吾，即责任。见多附庸，不立世路，以彼欲为己欲，坏世道，不正则邪，伪也，贼也，奴也。

念

秋凉月露水盈盈，一岁隔开不复曾。
久望冰轮但惆怅，相思洒遍夜幽清。

中秋

共朝一月人何处，似梦独留万事空。

尽把秋思涂遍夜，应知都寄广寒清。

自题并寄史老师

总向柴门借月明，偶随流水访松风。

力擎诗笔寒犹刺，是苦方能寂寞穷。

听雨

卧听时雨碧无尘，好似婆娑漫过心。

境起秋堤柳如画，人闲自在见乾坤。

国庆即感

那岁硝烟那岁兵，拼将抵死作长城。

由来复看重回首，愧煞吾曹享太平。

秋雨

雨寒山色露冰清，花自呼吸香满空。

要我轻裁心寂寞，三分草木带西风。

无题

一川细浪漫腾空，回首茫茫烟雨横。

唱起龟年肠枉断，怎书红豆问秋风。

即作

楼台旧幽暗，老树蔽秋穹。

气冷风摇曳，茶粗色不惊。

驱闲诗品杜，坐寂雁留声。

莫厌翻惆怅，堪怀造化情。

又书

人老七分静，菊开子夜灯。

生涯一抱许，书海九秋骋。

漫坐听风雨，幽行响壁钟。

光阴飞似箭，折柳赋谁情。

饮酒

满城清静等闲歌，酒饮圆缺病骨多。

取次偏安云苟且，莫从名利度心泽。

秋思

岁馀山静疫无情，落个悲秋雨不终。

赋句愁填花未谢，缘深九月是枫红。

心灯

心灯一束水深流，照亮生涯苦亦求。

莫让光阴虚浪费，能读岁月但神游。

文章到底归田梦，故纸逢谁看我眸。

踏世繁华三尺境，诗人遐迩似兰幽。

乡愁

云山已抱故乡愁，长似秋来渭水流。

不去炊烟回少小，田园总挂诱人秋。

寒露

露重气秋清，寒凝冷雨桐。

离悲随叶谢，不去断肠鸣。

已过重阳日，犹闻父母声。

何词怜我念，所剩作独行。

深秋

一叶清秋千树寒，水流依旧暮浮烟。
闲心复走无人地，只有枯荷已涅槃。

即赋

载得秋气深，直到北风吟。
寒树一身骨，谁能懂此贫？

乡曲

问尔家何处？生来陌上尘。
尘风吹又起，坐看故乡云。

立冬翌日

晓露湿云雾，天低河汉流。
风吹冬立意，石卧草分幽。
树挂苍茫宇，诗追杜甫秋。
无言黄叶坠，又唱尔登楼。

遣兴

西来流水过青山，慕尔终归大海天。
百岁虽非身可比，却能无限放心帆。

红豆

问我相思意，相思便采君。
春来书此物，但爱寄白云。

归来有作并寄李任二君兄

春风把酒满杯情，不醉高楼酒不空。
饮尽长河唯好客，何妨一借六朝名。

漫成

来去东风已数年，一幅云水故园天。
无边野色回头看，写下春光更怅然。

漫成

身合气象花还艳，不向俗人话等闲。
万古一心知大美，流年不负此春天。

遣怀

一花一岁春，白发故园亲。
无语东风柳，有情石草邻。
水流云冉冉，竹动径深深。
且尽休闲日，来寻诗意门。

抒怀

莫从心底叹悲哀，云气海天只远来。
大写朝霞盈草露，能织锦绣是花开。

书斋

楼头渭水天，过客钓终年。
自古师无事，如今恋有闲。
偶能去人海，便是坐书山。
一晌忽千载，都凭文字传。

读书日有句

好书如雨又如春，总洗光阴别样新。
但坐蓬庐常对此，一生便是有知音。